나의
첫
젠더
수업

👓

나의 첫 젠더 수업

김고연주
지음

창비

'나를 찾는 여행'을 시작하는 십 대들에게 👓

인생은 흔히 '나를 찾아 떠나는 여행'이라고들 해요. 내가 누구인지 찾고, 어떤 사람인지 알아 가는 것은 가장 중요하고도 어려운 숙제입니다. 끝도 없고, 정답도 없지요. 그렇지만 이 숙제를 포기하는 사람은 아무도 없어요. 어렵고 힘들어서 잠시 미루어 둘지언정 답을 찾고자 하는 열망은 끝내 식지 않지요. 그런 면에서 참 신기한 숙제인 것 같아요.

나를 찾는 여행에서 아주 중요한 사실이 두 가지 있어요. 첫째, 이 여행을 절대 혼자 할 수 없다는 것, 곧 혼자서는 결코 내가 누구인지를 찾을 수 없다는 거예요. 우리는 인생이라는 여행을 수없이 많은 동행과 함께해요. 순간적이든, 지속적이든, 간헐적이든 수많은 만남이 나의 여행을 만들고, 내가 누구인지 조금씩 알려 줍니다.

둘째, 내가 누구인지에 대한 답은 하나가 아니라는 점이에요. 나의 정체성은 여러 개이고, 또 고정되어 있지도 않아요. 여러분은 여자/남자이기도 하고, 딸/아들이기도 하고, 친구이기도 하고, 학생이기도 하고, 십 대이기도 하고, 한국인이기도 하지요. 상황에 따라 이 다양한 정체성의 합이 나이기도 하고, 또는 각각의 정체성이 나이기도 합니다. 이 중에서 무엇이 더 중요하고, 덜 중요하다고 말할 수 없어요.

그런데 요즘에는 다른 사람과의 동행을 통해 나를 찾는 것이 아니라, 배척을 통해 내가 누구인지를 말하려는 사람이 늘어나고 있습니다. 모욕적이고 혐오스러운 표현으로 타인을 지칭하면, 자신은 그렇지 않다는 의미를 저절로 갖게 된다고 생각하는 것이지요. 이것은 큰 착각이에요. 어떻게 단순히 다른 사람을 '김치녀'나 '짱깨'라고 지칭하는 것만으로, 자신은 그보다 '개념 있는' 사람이 될 수 있을까요?

누군가가 혐오를 담은 말과 함께 다른 사람을 손가락질하면 사람들은 끌끌하며 혀를 찰 거예요. 손가락질을 당하는 사람이 아니라 손가락질을 하는 이를 보고 혀를 차는 사람이 훨씬 더 많답니다.

그럼에도 불구하고 셀 수 없이 많은 혐오 표현이 우리의 일상을 잠식하고 있어요. 이런 표현들을 '재미' 또는 '장난'으로 썼다고 둘러대는 사람들은 우리 사회가 얼마나 타인에 대한 이해와 공감 능력을 상실했는지 잘 보여 줍니다. 그런 말을 쉽게 입에 올리는 사람이, 말과는 다르게 마음속으로는 타인을 환대하고 존중하리라고 생각하기는 어려우니까요.

우리 사회에 '여성 혐오'가 심각하다고들 하지만, 사실 지금 혐오의 대상은 남자, 장애인, 외국인, 성 소수자, 노인, 십 대 등 다양한 사람들로 계속 확산되고 있어요. 결국 타인에 대한 혐오는 자신에게 부메랑처럼 돌아오고 말아요. 이런 세상에서는 누구도 건강하고 안전하고 행복한 삶을 살기 어려워요.

본격적으로 자기 정체성을 구축하는 시기에 있는 여러분이 이러한 현실을 마주해야 하는 상황이 너무 마음 아파요. 치열하게 자신을 찾고자 하는 여러분에게 필요한 것은 타인에 대한 배척과 혐오가 아니라, 타인들과의 소통과 공존이니까요.

그래서 이 책에는 여러분이 다양한 정체성을 만들어 나가는 데에 도움이 될 만한 이야깃거리들을, 자기 정체성의 핵심인 '젠더'(사회·문화적으로 만들어지는 성)를 중심으로 담아 보았어요. 특히 여러분이 '나를 찾는 여행'에서 시간과 공간을 초월할 수 있도록 다양한 시대, 문화, 나라의 사람들을 소개하고자 했어요.

누구나 하루에도 몇 번씩 "나는 누구인가? 나는 어떤 사람이 되고 싶은가? 나는 언제 행복한가? 나는 어떤 세상에서 살고 싶은가?"와 같은 질문을 던질 거예요. 이 책이 그 답을 찾는 여정의 단출한 안내서가 되길 바라요.

이 책이 나오기까지 3년도 넘는 시간이 걸렸어요. 임신했을 때 쓰기 시작했는데 이제 딸아이가 세 살이 되었네요. 임신과 출산, 육아를 하면서, 또 2017년부터는 풀타임으로 일하면서 책을 꾸준히 쓰기란 정말 어렵더군요. 김선아 편집자가 없었다면 이 책은 시작도,

마무리도 하지 못했을 거예요. 지난한 시간 동안 인내심을 가지고 기다려 주었을 뿐 아니라, 정신이 자주 '가출'하는 저를 지치지 않고 이끌어 준 편집자에게 존경과 감사의 마음을 전합니다.

마지막으로 여러분에게 하고 싶은 말이 있어요. 이 책에는 엄마가 되는 것이 얼마나 어렵고 힘든가에 대해 주로 썼지만, 엄마가 되고 나서 저에게 긍정적인 변화가 생겼어요. 사람들, 특히 아이들과 청소년들을 전보다 훨씬 더 사랑스러운 눈으로 보게 되었다는 거예요. 이 책을 읽으면서 여러분이 그런 저의 마음을 느끼면 좋겠어요. 여러분의 응답이 저에게 가장 큰 선물이 될 거예요.

2017년 가을
김고연주

차례

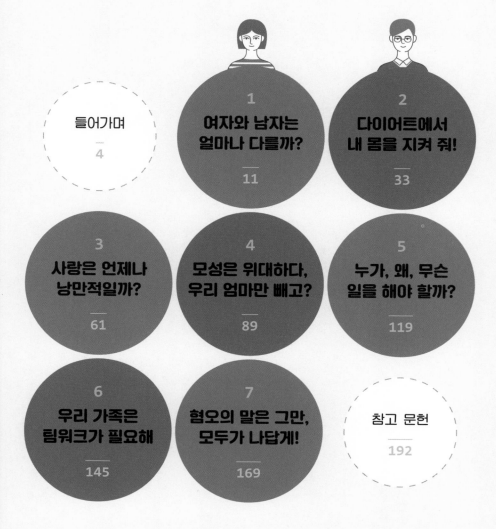

1

여자와 남자는
얼마나
다를까?

나의
첫
젠더
수업

아기도 남녀를 구분할까?

우리는 언제부터 여자와 남자를 구별할 수 있을까요? 아주 어린 아기들도 남녀를 구분할까요? 이것을 알아보기 위해 EBS의 「다큐 프라임」이라는 프로그램에서 2008년에 재미난 실험을 한 적이 있습니다.

태어난 지 3개월이 된 아기와, 돌이 된 아기 앞에 화면을 두 개 놓았어요. 한 화면에는 남자가, 다른 화면에는 여자가 등장해서 똑같은 말을 했지요. 그런데 소리는 한 번에 한 화면에서만 나오게 했어요.

"아기야, 안녕? 만나서 반갑다! 아기는 눈이 아주 예쁘구나. 엄마 닮았어, 아빠 닮았어?"

3개월 된 아기는 여자와 남자가 등장하는 양쪽 화면을 번갈아 가면서 봤어요. 어디서 소리가 나오는지 몰라서 여기저기 쳐다본 거예요. 누구 목소리인지 판단이 안 되었던 모양이에요. 반면에 돌 무렵의 아기는 남자 목소리를 들려주면 남자가 나오는 화면을 봤어요. 여자 목소리를 들려주면 여자가 나오는 화면을 보고요. 돌 무렵의 아기들은 여자와 남자의 목소리가 다르다는 사실을 알고 있었어요. 그러니까 사람은 태어나자마자 남자와 여자를 구별하는 게 아니었네요!

비슷하지만 또 다른 재미있는 실험 하나를 볼까요? 이번에는 네 살과 여섯 살짜리 아이들이에요. 아이들에게 여자 마네킹과 남자 마네킹을 주고 엄마 아빠처럼 꾸며 보라고 했어요. 그러자 네 살짜리 아이 다섯 명은 남자 마네킹에 양복바지를 입히고 그 위에 분홍색 치마를 덧입혔어요. 검은색 중절모를 씌운 뒤 그 위에 분홍색 모자를 또 씌우기도 했고요. 목걸이와 귀걸이도 걸어 주었어요. 네 살 아이들은 여자와 남자의 옷차림이 다르다는 것을 몰랐던 거예요.

반면에 여섯 살 아이들은 여자 마네킹에는 여자의 옷을, 남자 마네킹에는 남자의 옷을 입혔어요. 여자 옷, 남자 옷을 확실하게 구분할 줄 알았지요. 불과 두 해 차이인데, 그사이에 여섯 살 아이들은 남자와 여자의 옷이 다르다는 것을 깨쳤네요.

이 두 실험을 보면 어떤 생각이 드나요? 실험에서 보듯 사람은 원래 성에 대한 개념 같은 건 없는 채로 태어납니다. 나는 여자, 너는 남자 하는 생각이 없이 태어나, 자라면서 그 차이를 배우지요. 조금

자라면 여자와 남자는 목소리가 다르다는 것을 알기 시작하고, 조금 더 자라면 남자와 여자의 옷차림이 다르다는 것을 배웁니다. 조금 어려운 말로 표현하면, 처음에는 남녀의 신체적 차이를 인식하고 좀 더 크면 '문화적인 문법'을 배워 가요. 실제로 보면 더 흥미진진할 테니, 어린 동생이나 조카가 있다면 집에서 한번 실험해 보세요. 남자 인형, 여자 인형을 활용하면 간단하게 비슷한 실험 환경을 만들 수 있어요. 아이들이 태어나면서부터 성별을 구분하지는 못한다는 것을 확실히 느낄 수 있을 거예요.

그런데 여기서 또 다른 질문을 던져 볼게요. 남녀의 옷 스타일과 같은 문화적인 문법들은 언제 어디에서나 늘 비슷했을까요? 만약 이 실험을 200년 전의 아이들에게 했다면, 그때의 여섯 살 아이들도 여자에게는 치마를, 남자에게는 바지를 입혔을까요? 오늘날에는 분홍색, 치마, 목걸이, 귀걸이는 여자의 영역에 주로 속하고, 하늘색, 바지, 중절모, 넥타이는 남자의 영역에 주로 속하지만 역사적으로 살펴보면 늘 그렇지만은 않았답니다.

이와 관련해서 흥미로운 발견을 한 사람이 있어요.

분홍색에 숨은 미스터리

"아버지는 남자인데 왜 원피스를, 그것도 분홍색을 입고 있지?"

미국에 사는 페기 오렌스타인이라는 기자는, 어느 날 가족 사진첩을 보다가 어리둥절했어요. 우연히 1929년에 그려진 아버지의 어린 시절 초상화를 보았는데, 그림 속의 아버지가 분홍색 원피스를 입고 있는 거예요. 무심히 넘어갈 수도 있었지만 그럴 수가 없었어요. 오렌스타인은 분홍색과 관련해 황당한 경험을 했거든요.

어느 날, 오렌스타인은 딸에게 장난감을 사 주려고 뉴욕에서 열리는 완구 박람회에 갔습니다. 그런데 여자아이들의 장난감이 온통 분홍색인 거예요. 화장대, 침대, 옷, 그릇까지는 그럴 수 있다 생각했지만 샌드백, 전자 피아노, 골프채, 스쿠터처럼 성별과 큰 관계가 없어 보이는 것까지도 여자아이용이라면 모두 분홍색 일색이었어요. 반면 남자아이용 장난감은 온통 파란색이었죠. 딸에게 색색깔의 장난감을 주고 싶었던 오렌스타인은 실망이 이만저만이 아니었어요. 영업 사원에게 왜 꼭 분홍색이어야 되느냐고 묻자 영업 사원은 이렇게 대답했습니다.

"여자아이들은 태어나면서부터 분홍색을 좋아하는 것 같아요."

정말 그럴까요? 영업 사원의 대답에 선뜻 수긍이 되지 않았어요.

그러면 어린 시절 아버지는 왜 분홍 원피스를 아무렇지 않게 입고 있을까요? 오렌스타인은 더욱 헷갈렸어요.

'도대체 어쩌다 이렇게 된 거지?'

오렌스타인은 그 의문을 『신데렐라가 내 딸을 잡아먹었다』라는 책에서 풀어 나갔어요. 오렌스타인이 품었던 미스터리를 함께 추적해 볼까요? 만약 영업 사원의 말대로 여자아이들이 선천적으로 분홍색을 좋아한다면 아주 오래전부터 분홍색은 여자의 색이었을 거예요. 하지만 전통적으로 서양에서 강인함을 상징하는 남성적인 색은 빨강이었습니다. 그래서 빨강과 비슷한, '작은 빨강'인 분홍도 남자아이의 색이었죠. 그 대표적인 증거가 영국 빅토리아 여왕의 가족 그림 속에 있어요. 프란츠 빈터할터라는 화가가 1846년에 그린 영국 빅토리아 여왕의 가족 그림을 볼까요?

맨 왼쪽부터 둘째 아들 앨프리드, 큰아들 에드워드, 빅토리아 여왕, 여왕의 남편 앨버트 공, 둘째 딸 앨리스, 셋째 딸 헬레나, 큰딸 빅토리아입니다. 앨프리드가 정말 둘째 '아들'이 맞냐고요? 맞아요. 잘못 말한 것 아니랍니다. 풍성한 드레스를 입고 있는 앨프리드의 모습은 정말 낯설어요. 꼭 누가 장난치느라 그렇게 입혀 놓은 것만

프란츠 빈터할터 작,「빅토리아 여왕의 가족」, 1846.

같지요. 앨프리드만큼은 아니지만, 장남 에드워드도 붉은색 옷을 입고 있어서 조금 특이해 보이지요? 반면 셋째 딸 헬레나는 머리와 허리에 하늘색 리본을 두르고 있네요. 혹시 화가가 제멋대로 좋아하는 색깔을 넣어서 그린 것은 아닐까요? 이웃 동네에 사는 평범한 집안도 아니고 무려 여왕의 집안인데 그럴 리는 없지요. 그 시대에는 여성적인 색깔, 남성적인 옷차림에 대한 생각이 지금과는 크게 달랐던 것입니다.

그리고 또 한 가지 중요한 것이 있어요. 불과 100여 년 전까지만 해도 사람들은 원하는 색깔의 옷을 마음껏 입을 수 없었다는 사실이에요. 염료가 없었거든요. 삶아도 색이 빠지지 않는 염료는 1920년에 개발되었고, 그 이후에야 사람들은 색색깔의 옷을 취향대로 골라 입을 수 있었지요.

염료 기술이 발전하고 20세기 초에 1차 대전과 2차 대전이라는 큰 전쟁이 연이어 벌어지면서, 빨강은 남성의 색, 파랑은 여성의 색이라는 상징이 변해 가기 시작했어요. 그전까지 서양에서 군복은 대개 빨간색이었어요. 남성성을 드러내기 위해, 또는 피가 잘 보이지 않도록 하기 위해서였지요. 그런데 1차 대전이 끝나갈 무렵 은폐를 더욱 잘하기 위해 육군은 카키색을, 해군은 파란색을 사용했어요. 특히 새롭게 발명된 청색 염료, 즉 합성 인디고로 염색한 해군복이 유행하면서 파란색이 점점 남자의 색으로 굳어져 갔습니다. 그러면서 그 반대색인 빨강이 여자의 색으로 생각되었고요. 그러니까 여자는 분홍, 남자는 파랑이라는 공식은 만들어진 지 채 100년도 되지 않았어요.

여자아이들은 타고나면서부터 분홍색을 좋아한다는 말은 틀린 셈이지요. 색깔에 대한 선호가 타고나는 것이라면, 이렇게 역사적으로 달라지지는 않을 테니까요.

붉은 코트를 입은 모차르트

옷의 역사를 좀 더 살펴보면 우리가 여성적, 남성적이라고 생각하는 많은 것이 사실은 최근에 와서야 그렇게 되었음을 확인할 수 있어요. 이에 대한 증거는 무수히 많지만, 대표적으로 서양의 로코코 시대 의상들을 잠깐 살펴볼까요? 로코코 시대는 언제냐고요? 미술이나 건축에서 소용돌이 문양이나 꽃무늬 같은 곡선을 쓴, 우아하고 경쾌한 양식이 유행한 17~18세기를 말해요. 옷차림에서는 프랑스 왕 루이 15세의 옷에서 알 수 있듯, 장식이 많아 '블링블링'한 스타일이 유럽 전역에 유행했지요. 그 시대에 살았던 한 프랑스 귀족이 양복점에서 옷을 맞추고 있는 모습을 설명해 볼 테니 어떤 옷일지 한번 상상해 보세요.

허리를 잘록하게 하되 밑단은 퍼지게 해서 엉덩이 선을 강조하네요. 멋쟁이라면 레이스를 빼놓을 수 없죠. 특히 코르셋에 레이스를 다는 것이 요즘 유행이에요. 재단사가 귀족의 허리 부분을 조이고 있어요. 너무 조여서 귀족이 숨도 잘 못 쉬네요. 당시에는 허리를 꽉 조이는 바람에 기절하는 사람도 있었다고 하니, 그때나 지금이나 멋을 부리려면 적잖은 인내심이 필요해요. 바지는 무릎 밑까지만 내려오네요. 허벅지 곡선이 드러나는 '스키니' 스타일의 바지예요. 다리에는 스타킹처럼 보이는 양말을 신었고요.

어떤 옷일지 머릿속에 잘 그려지나요? 코르셋, 레이스, 잘록한 허리 등의 설명을 듣고 여자 옷을 상상한 사람이 많을 거예요. 그런데 바지에 양말이라니, 그림이 어딘가 어색해지기 시작하죠? 제가 설명한 옷은 프랑스 남자 귀족의 옷이랍니다. 취향이 독특한 남자냐고요? 그렇지 않습니다. 보통의 남자 귀족들이 이런 스타일의 옷을 즐겨 입었어요. 이렇게 입고 살롱이나 무도회 같은 사교 모임에 참여하곤 했답니다. 당시에 레이스는 남성성을 과시하기 위해 넣은 장식이었어요. 그러고 보면 레이스나 코르셋도 처음부터 여성스러운 옷 스타일은 아니었나 봐요.

"내 눈으로 보기 전엔 못 믿겠어!" 하는 친구들을 위해 모차르트 가족의 모습을 보여 줄게요. 1763년에 그려진 모차르트 가족의 그림을 보면, 모차르트의 아버지가 아주 독특한 의상을 입고 있는 것을 알 수 있어요. 붉은 코트를 입고 목과 손목에는 러플 장식을 한 채 바이올린을 연주하고 있어요. 모차르트 이야기를 각색한 뮤지컬이나 영화에서도 모차르트 역을 맡은 배우는 이렇게 화려한 붉은 코트를 입곤 하지요. 모차르트는 로코코 시대의 음악가였고, 당시에는 남자들이 이런 옷을 입는 것은 자연스러웠답니다.

안현주라는 학자에 따르면 르네상스, 바로크, 로코코 시대에는 남자의 신체적 특징을 강조하거나 권력과 힘을 표현하기 위해 리

루이 카르몽텔 작, 「볼프강 아마데우스 모차르트의 초상」, 1763.

본, 러플, 자수, 액세서리 등을 사용했어요. 그러다가 19세기 이후에 남성의 힘과 권력, 애국심을 표현하는 수단으로, 절제되고 단정한 슈트 형태의 남성복이 자리를 잡았지요. 파란색, 분홍색처럼 슈트 역시 그렇게 된 지 약 100년밖에 되지 않았습니다.

옷뿐만 아니라 성별에 관한 다른 문화적인 문법들도 마찬가지예요. 우리 사회에서 여성적, 남성적이라고 생각되는 것 대부분이 태생적이거나 본질적이지 않아요. 대부분 나중에 만들어진 것, 학습된 것이지요. 그 역사가 매우 짧은 경우도 많아요.

이 사실은 아주 중요해요. 본질적인 것도 타고난 것도 아니라면, 불편할 때 얼마든지 바꿀 수 있을 테니까요.

남학생은 수학, 여학생은 국어?

그런데 앞의 사례를 듣고 이런 의문이 드는 사람도 있을 거예요. "분홍색이 남자의 색일 때는 강함을 상징했다고? 그렇다면 남성성에 대한 생각은 변하지 않았어. 색깔만 파랑으로 달라졌을 뿐이야."

예리한 지적이에요. 중요한 사실을 아주 날카롭게 간파했어요. 사실 남자와 여자에 어울린다고 간주되는 것들이 끊임없이 변하긴 해도 각 성별의 속성에 대한 생각은 대체로 유지되고 있어요. 리본, 러플, 자수, 액세서리 등이 남성의 상징으로 쓰일 때는 남성적인 권력과 힘을 표현하기 위해서였어요. 과거에 분홍색이 남성적인 색깔이었던 이유는 분홍색이 강인함을 상징했기 때문이고, 파란색이 여성적인 색깔이었던 이유는 정절, 정결함을 상징하기 때문이었지요. 시간이 흐르면서 분홍색과 파란색의 상징적 의미가 변했을 뿐, 여성에게 강인함을, 남성에게 정결함을 기대하게 된 것은 아닙니다. 그러니까 남성성과 여성성에 대한 생각은 바뀌지 않았어요.

사실 세상에는 여성과 남성에 대한 많은 고정관념이 아직 굳건하게 자리 잡고 있어요. 그 고정관념으로는 이런 것들이 있어요.

여자	남자
배려심이 많다	자기주장이 뚜렷하다
소극적이다	적극적이다
연약하다	강인하다
언어를 잘한다	수리를 잘한다
섬세하다	대담하다
감정적이다	논리적이다
요리와 아이를 좋아한다	몸을 움직이는 것을 좋아한다

이런 이분법적인 생각은 은근히 끈질겨서, 반대되는 사례가 아무리 많이 등장해도 도무지 뿌리 뽑힐 줄을 몰라요.

'다 그런 건 아니지만, 대체로 그런 성향이 있는 건 사실이잖아?'

혹시 남녀 차별을 하는 이상한 사람이라는 소리를 들을까 봐 대놓고 말하지는 못하지만, 사실 많은 사람이 마음속으로는 이런 의혹을 품고 있어요. 아마 청소년 여러분도 그럴 거예요. 당장 학교에서만 보더라도 여자애들은 대체로 국어를 잘하는 것 같고, 남자애들은 수학이나 과학 쪽에 더 관심을 보이는 것 같잖아요. 점심시간에 나가서 축구하는 아이들은 대체로 남학생들이고요.

우리나라 사람들만 그렇게 생각하는 것은 아니에요. 미국에서도 이런 소동이 있었답니다. 2005년 1월, 미국 매사추세츠 주 케임브리지에서 있었던 일이에요. 미국경제연구소가 주최한 과학 관련 회의가 열리고 있었지요. 회의 주제는 여성 과학자들의 고위직 진출 부족으로 인한 경제적 영향이었습니다. 2005년 당시 전국 대학의 과학, 수학, 공학 전공 분야에서 여성 교수 비율은 20%에 불과했고, 그중에서도 종신직 교수는 극히 일부였거든요. 미국경제연구소는 이런 현상의 이유를 알고 싶어 하버드 대학의 서머스 총장을 초청했습니다. 참석자들은 서머스 총장이 무슨 이야기를 할지 잔뜩 기대하고 있었지요. 하지만 서머스 총장의 발언은 기대를 충족시키기는커녕 큰 실망과 분노를 낳았어요.

"여러분에게 도발적인 문제를 제기하겠습니다. 제가 과학, 공학 분야 고위직에 여성의 수가 적은 이유를 세 가지 들어 보겠습니다. 첫째, 성차별 때문입니다. 이들 전공 분야에서 여성에 대한 편견이 이런 결과를 낳았죠. 둘째, 양육 활동 때문입니다. 남자들과 경쟁 상대가 되려면 주 80시간을 일해야 하는데 자녀가 있는 여성들은 이를 꺼리는 편입니다."

여기서부터 좌중이 웅성대기 시작했어요. 특히 여성 청중들이 조금씩 화가 나기 시작했지요. '뭐? 여자들이 일하기를 싫어한다고? 그럼 밤새워 연구하는 우리는 뭐지?' 그런데 이어지는 서머스 총장의 말이 여성들의 분노를 폭발시키고 말았어요.

"셋째, 선천적 소질 차이 때문입니다. 남자들이 선천적으로 과학에 더 뛰어난 소질을 갖고 있을 수 있습니다. 그래서 최고위층으로 갈수록 여자 과학자들보다 남자 과학자들의 성취도가 더 높습니다."

이 말이 끝나자마자 엠아이티(MIT) 대학의 낸시 홉킨스 교수는 너무 화가 난 나머지 "정말 참을 수가 없네요!" 하면서 자리를 박차

이런 이분법적인 생각은
은근히 끈질겨서,
반대되는 사례가 아무리 많이 등장해도
도무지 뿌리 뽑힐 줄을 몰라요.

(사진: weisserstier)

고 나갔습니다.

이 발언이 알려지면서 미국의 여러 언론에서는 서머스 총장을 비판했고, 다른 동료 교수들도 사과하라고 요구했어요. 결국 서머스 총장은 "남녀의 성차는 내가 언급한 것보다 훨씬 더 복잡한 문제이고, 내 발언은 아직 연구 결과를 통해 확립된 것이 아니었습니다." 하고 사과했습니다. 그 뒤 여러 사정이 겹치면서 임기를 다 마치지 못하고 중도에 사임하고 말았지요.

하버드 대학이라면 전 세계의 뛰어난 두뇌들이 모여 있는 곳이니, 천재적인 여성 과학자들을 만날 수 있을 거예요. 그런 대학의 총장조차 이런 생각을 하고 있었던 것을 보면 남녀의 성차에 대한 고정관념은 정말 굳건해 보입니다.

그런데 남녀의 성차에 대해 실제로 연구를 해 본 학자들은 그런 고정관념에 대한 근거를 별로 찾을 수 없었다고 해요. 여러분이 가장 관심이 많은 학업 성적을 한번 살펴볼까요? 성차가 타고나는 것이라면 언제 어디서나 언어 분야는 여자가, 수학·과학 분야는 남자가 잘해야겠죠? 하지만 경제협력개발기구(OECD)는 2012년에 발표한 보고서에서 수학·과학 분야의 성별 차이를 정식으로 부정했어요. 또한 여학생들이 읽기 분야에서 월등히 점수가 높긴 하지만 20대 후반에 이르면 그 격차가 거의 사라진다고 보고했습니다.

이와 비슷한 연구는 아주 많아요. 댄 킨들런이라는 하버드 대학의 교수는 『알파걸』이라는 책에서 2001년에 치러진 미국 대학입학 자격시험(SAT) 결과를 분석해서 나라별로 성차를 살펴보았어요. 그

중 주요한 내용 몇 가지를 꼽아 보자면 이렇습니다.

• 미국, 영국, 오스트레일리아의 9, 10학년 학생 2만 9,899명 중 수학, 과학에서 최고 점수를 받은 사람 중 여학생은 47%였습니다. 절반에 가까운 수치지요.

• 수학 응용 시험에서 아이슬란드, 노르웨이, 스웨덴, 오스트레일리아, 독일 모두 여학생들의 성적이 더 좋았습니다.

• 일본에서는 수학 시험 5개 영역 중 확률, 공간 도형 2개 영역에서는 남학생이, 응용문제는 여학생이 더 점수가 좋았고 나머지는 비슷했습니다.

• 미국 학생들은 성차가 있었지만 중국 학생들은 남녀 사이에 아무런 차이가 없었습니다.

이 결과에서는 남자가 수학을 잘하고 여자는 국어를 잘한다는 근거를 찾기가 어렵지요? 그렇다면 우리나라는 어떨까요? 2011년 수능 성적을 분석해 보니 남학생은 수학을, 여학생은 국어와 영어를 평균적으로 더 잘하는 것으로 나타났어요. 이럴 수가! 우리나라만 통념에 딱 들어맞는 걸까요? 아직 단정하지는 마세요. 김희삼이라는 학자가 출신 고교 유형에 따라 조사했더니 전혀 다른 결과가 나왔거든요.

우리나라 고등학교에는 남녀 공학, 남고, 여고 이렇게 세 유형이 있잖아요. 이 유형별로 나누어 봤더니, 국어는 여고 여자 〉 공학 여자 〉 남고 남자 〉 공학 남자 순으로 잘했고, 영어는 여고 여자 〉 남고 남자 〉 공학 여자 〉 공학 남자 순으로 잘했대요. 수학은 남고 남자 〉 여고 여자 〉 공학 남자 〉 공학 여자 순으로 잘했고요. 우리나라에서도 반드시 모든 남학생이 수학을, 모든 여학생이 언어를 잘하는 것은 아니군요.

찾아보면 남녀 사이에 타고난 성차가 별로 없다는 사실을 증명하는 연구 결과가 참 많아요. 미국 위스콘신 대학교의 심리학자인 재닛 시블리 하이드는 2005년에 아예 성차를 다룬 모든 심리학 연구를 모아 보았어요. 남녀 성차가 사실인지, 사실이라면 얼마나 큰지 확인해 보려고요. 연구에 자주 등장하는 인지 능력, 대화 스타일, 성격, 정신 건강, 신체 및 운동 능력, 기타 이렇게 6개의 연구 분야를 추려서 그간의 연구 결과들을 총 정리한 것이지요. 이 엄청난 작업의 결과는 어떻게 나왔을까요?

전체 연구의 78%에서 성차가 '미미하거나 거의 없음'으로 나타났어요. 이 중 차이가 가장 많이 나는 부분은 신체 능력이었는데 남자가 공을 더 빠르고 멀리 던질 수 있었고, 더 빨리 달릴 수 있긴 했지만 균형 감각과 유연성에서는 성차가 거의 없었습니다. 반면에 여자는 남자보다 모든 감각, 즉 후각, 청각, 시각, 촉각, 미각이 더 예민했습니다. 차이라면 고작 이 정도가 있을 뿐이었지요. 그러니까 지금까지 진행된 성차에 대한 연구들은 사람들이 흔히 가지고 있는 고정관념을 별로 뒷받침하지 못해요.

내 몸에 맞지 않는 옷이라면

이런 연구 결과를 받아들이더라도 한 가지 남는 문제가 있지요. 바로 외모의 차이예요. 다른 것은 다 비슷하더라도 남자와 여자는 몸의 생김새에서 엄연히 차이가 있다는 데에는 모두 동의할 거예요. 남자는 여자보다 근육이 많고, 여자는 남자에 비해 지방이 많다고 생각하지요.

아마 그런 몸의 차이가 성차를 가져왔다고 생각하는 사람도 있을 거예요. 이를테면 여자는 지방이 많으니까 소극적이고 연약할 수밖에 없고, 남자는 근육이 많으니까 적극적이고 강인하고 몸을 움직이는 것을 좋아할 수밖에 없다고 생각하는 식이지요. 게다가 여자는 아이를 낳을 수 있어요. 임신, 출산, 모유 수유를 할 수 있는 여자는 아무래도 남자보다 아이를 더 좋아하고 잘 돌볼 수 있을 것 같아요. 반면 남자는 그런 능력이 없으니 남을 배려하거나 아기를 돌보는 일에 서툰 대신 자기주장이 뚜렷하고 결단력과 추진력이 있을 거라고 짐작하지요.

여자와 남자가 목소리, 얼굴형, 몸의 골격, 근육과 지방의 양, 털의 굵기와 양, 생식기의 모양과 기능 등이 다른 것은 사실이에요. 하지만 여기서 더욱 중요한 건 '사람마다 다르다'는 거예요. 먼저 목소리를 볼까요? 낮고 굵은 목소리를 지닌 여자도 있고 높고 가는 목소리를 지닌 남자도 있지요. 높다, 낮다, 가늘다, 굵다 하는 표현에는 어떤 기준이 있는 것이 아니니까요. 상대적인 차이일 뿐이지요. 숫자로 표시되는 키도 마찬가지예요. 흔히 여자는 키가 작고 남자는 크다고 하지만 키가 '크다'라는 데에 명확한 기준이 있나요? 170cm를 넘으면 큰 거고, 그 이하면 작은 걸까요? 그런데 키가 170cm인 여자도 있고 168cm인 남자도 있잖아요?

인종을 넓혀 생각하면 더 흐릿해집니다. 털은 백인 여자가 황인 남자보다 더 굵고 많을지도 몰라요. 근육은 흑인 여자가 황인 남자보다 더 많을 수 있고요. 여자와 남자의 차이보다 여자들 간, 남자들 간, 또는 인종 간 차이가 훨씬 더 다양하고 클 수 있습니다.

그런데 아무리 많은 연구 결과를 들이대더라도, 많은 사람은 여전히 '그래도' 남자와 여자는 다르다고 생각할지 몰라요. 학자들의 연구 결과는 어땠을지 몰라도 주변에서 성차를 많이 목격하거든요. 여러분도 그런 경험을 해 본 적이 있을 거예요. 이유가 뭘까요?

성차에 대한 연구를 진행한 많은 학자는 여자와 남자의 신체 차이보다는 사회적으로 어떤 기대와 교육을 받느냐에 따라 결과가 크게 달라진다는 데에 의견을 같이합니다. 성별에 따라 사회적으로 기대되는 역할이 다르기 때문에 결국 차이가 만들어진다는 거예요. 여자와 남자의 능력 차이는 선천적이라기보다 후천적인 부분이 더 많지요.

여러분도 어렸을 때부터 "여자니까 예쁘고 착하게 행동해야지." "사내자식이 울면 못써!" "남자답게 해 봐." 이런 말을 종종 들었을 거예요. 부모님들은 딸에게는 주로 분홍색 치마를, 아들에게는 하늘색 바지를 입히고, 딸에게는 인형을, 아들에게는 자동차를 사 주곤 합니다. 학교 선생님들도 은연중에 여학생들에게 좀 더 얌전하기를 기대하곤 해요. 반면 남학생들은 게임에 몰두하거나 주먹다짐을 하더라도 '남자애들은 원래 좀 거칠지.' 하면서 너그럽게 생각하곤 하지요. 앞서 오렌스타인이 장난감 가게에서 여자아이용으로는 온통 분홍색 일색인 장난감밖에 찾을 수 없었던 것처럼 말이지요.

특히 아이들이 성장할수록 이러한 기대와 교육은 더욱 강해집니

만들어지는 성, 젠더

"여자는 태어나는 것이 아니라 만들어지는 것이다."라는 말을 들어 본 적이 있나요? 프랑스의 작가이자 철학자인 시몬 드 보부아르가 『제2의 성』이라는 책에서 쓴 문장이에요. 이 문장은 생물학적인 성과 사회, 문화적으로 만들어지는 성은 다르다는 생각을 담고 있어요.

학자들은 이 생각을 더 발전시켜서 '젠더'라는 단어를 만들어 냈어요. 사회, 문화적으로 만들어지는 성을 따로 젠더라고 부르기 시작했지요. 젠더는 단어 자체로 여성성과 남성성은 타고나는 것이 아님을 강조하고 있어요. 타고난 것이 아니니 얼마든지 바뀔 수도 있겠지요? 젠더라는 말을 쓴다는 것은 바로 그런 가능성을 염두에 두는 것이랍니다.

젠더는 흔히 우리말로 남성과 여성을 가리키는 '성'으로 번역되곤 해요. 그런데 이는 정확한 번역어라고 하기 어려워요. 사회적으로 만들어지는 성이라는 말뜻이 충분히 전달되지 않거든요. 그래서 영어 그대로 젠더라는 말을 쓰기도 해요.

다. 여자와 남자에게 걸맞은 성 역할에 따라 행동하는 것이 자연스럽다는 생각, 나아가 성 역할은 꼭 지켜야 할 사회적 약속이라는 생각 때문이에요. 그래서 아이들은 각자 여성다움과 남성다움에 익숙해지면서 성에 따른 역할 차이, 이른바 '젠더'를 배우게 됩니다.

여러분도 우리 사회에서 자랐기 때문에 자신에게 주어진 젠더, 즉 성 역할을 자연스럽고 편안하게 느낄 수 있어요. 게다가 어디까지가 자신이 타고난 기질이고, 어디서부터가 사회적으로 배운 성향인지 구별하는 것도 쉽지 않아요. 아마 그 두 가지가 섞여서 지금의 우리가 되었겠지요.

하지만 때때로 자신에게 맞지 않은 옷을 입은 것 같은 불편함, 또는 다른 옷을 입고 싶은 답답함을 느낄 거예요. 그런 불편함과 답답함을 억지로 모른 척하지는 마세요. 자기 내면의 소리에 귀를 기울여야 진짜 자기 모습을 찾을 수 있으니까요. 남성성과 여성성이 결코 본질적이거나 타고난 것이 아니라는 사실을 아는 것, 그것이 멋진 남성, 멋진 여성으로서 자기만의 정체성을 만들어 가는 출발점입니다.

나 의
첫 더
젠 업
수

2

다이어트에서
내 몸을
지켜 줘!

나의
첫 젠더
수업

지방이 야속해

"신발도 튀기면 맛있어요."

한 텔레비전 요리 프로그램에서 어느 요리사가 이렇게 말한 적이 있어요. 그 말을 듣는 순간 저도 모르게 "맞아, 맞아!" 하고 '격하게' 공감했답니다. 겉은 바삭하면서 속은 부드럽고, 기름의 고소한 맛과 재료의 고유한 맛이 적절히 조화된 튀김은 정말 맛있잖아요. 어떤 재료든 일단 튀기면 다 맛있어요. 저처럼 생각하는 친구들, 많죠?

하지만 튀김을 좋아해도 마음껏 먹지 못하는 사람들이 많아요. 튀김은 '다이어트의 적'이라고 알려져 있기 때문이지요. 다이어트에는 정말 많은 적이 있다지만, 튀김만큼 강력한 적도 없는 것 같아요. 튀김을 먹으면 살찐다는 생각의 근거는 기름일 겁니다. '기름=지방=고칼로리=살=비만=만병의 근원'이라는 등식이 우리 머릿속에 콕 박혀 있지요.

하지만 케이크, 크림 스파게티, 치킨, 삼겹살 등 지방이 듬뿍 들어 있는 음식을 거부하기는 얼마나 힘든가요? 아마 여러분 중에도 떡볶이집에 갔을 때 떡볶이와 어묵과 순대는 먹을지언정 튀김은 먹지 않겠다고 다짐하는 사람이 많을 거예요. 그런데 정말 결심대로 안 먹을 수 있나요? "튀김은 노 노!"라고 선언하는 바로 그 순간 한 손이 튀김으로 가 있지는 않나요? 그렇더라도 너무 자책하지는 마세요. 여러분만 그러는 것은 아니거든요.

마거릿 윌슨이라는 인류학자가 2011년에 재미있는 관찰을 한 적이 있어요. 윌슨은 미국의 커피숍인 스타벅스를 찾아온 손님들을 지켜보았어요. 그런데 어떤 손님들은 저지방이나 무지방 우유가 든 커피를 주문하고는, 정작 음료를 받은 뒤에는 설탕, 냅킨, 빨대, 크림이 비치된 곳으로 가서 커피 위에 휘핑크림을 올리더래요! 심지어 누가 볼세라 컵을 숨기면서 크림을 따르는 사람도 있었대요. 또 저지방 빵을 주문하면서 버터와 잼을 달라고 하는 모습도 종종 목격했답니다.

이런 행동에 대해 윌슨은 "탐닉과 절제가 함께한다."라고 설명했어요. 커피 전문점은 맛있는 커피를 마시러 오는 곳, 곧 탐닉의 공간이에요. 하지만 그런 공간에서도 지방을 줄여야 한다는 강박 때문에 그 탐닉에 완전히 빠지지는 못해요. 저지방이나 무지방 우유를 선택해서 지방을 줄이는, 굉장한 자기 절제에 성공하지요. 탐닉을 하러 온 곳에서조차 절제를 하다니, 정말 대단하죠? 그래서 그다음에 사람들은 그에 대한 '보상'으로 크림을 들이붓는다는 겁니다. 사람들이 우스꽝스러우면서도 안쓰럽게 느껴지지요?

튀김이든 크림이든 정말이지 기름은 너무너무 맛있어서 웬만해선 참기 어려워요. 오죽하면 2012년에 미국 워싱턴 대학교 의대에서는 기름 맛이 사람의 혀가 느낄 수 있는 여섯 번째 미각이라는 연구 결과를 발표하기도 했어요. 지금까지는 단맛, 신맛, 짠맛, 쓴맛, 감칠맛의 다섯 가지 미각만 공식적으로 인정하고 있는데, 머지않아 기름 맛이 제6의 미각이 될지도 모를 일입니다. 그만큼 기름은 그 자체로 특유의 독특한 맛을 지니고 있어요. 죄책감을 느끼면서도 치킨과 크림을 참지 못하는 건 그래서인가 봐요.

기름은 다 건강에 해로울까?

기름이 비만의 원인이기는 하지만 기름 자체가 나쁜 것은 아니에요. 다만 기름을 고온으로 가열할 때 트랜스 지방, 활성 산소 같은 유해 물질이 만들어질 수 있는데, 이 물질들이 몸에 해롭다고 하지요.

또 기름에는 좋은 기름과 나쁜 기름이 따로 있어요. 올리브유, 참기름, 들기름 등은 몸에 좋은 건강한 기름으로 손꼽힙니다. 생선과 견과류에 들어 있는 기름도 좋은 기름이에요. 반면 식물성 기름을 고체로 만든 마가린의 경우 그다지 건강한 기름이 아니라고 하지요.

지방은 정말 그렇게 '죄 많은' 존재일까요? 사회 인류학자 마크 그레이엄은 우리가 시대에 따라 지방을 다르게 '읽는다'고 이야기해요. 사람들이 어떤 시대와 문화에 살고 있느냐에 따라 지방을 특정한 방식으로 이해하고 그에 반응한다는 것입니다. 그레이엄은 이를 '지방 독해'(lipoliteracy)라고 이름 붙였어요.

사실 영어 단어 팻(fat)에는 지방, 기름, 살, 비만 외에도 윤택, 성장, 풍부함, 비옥함, 풍요로움 등의 좋은 의미가 있어요. 오늘날에는 좋은 지방, 나쁜 지방 할 것 없이 모두 부정적으로 간주되면서 피해야 할 음식 취급을 받지만, 먹을 것이 충분하지 않던 과거에는 풍만한 몸매가 부의 상징이자 좋은 인간성을 나타내는 지표이기도 했지요. 뚱뚱한 몸이 때로 아름답다고 생각되었고요. 예전에는 뚱뚱한 아저씨들이 불룩 나온 자기 배를 가리키면서 "내 배는 그냥 살이 아니야. 인격이야."라는 농담을 즐겨 던지곤 했답니다. 아마 지금은 그런 농담에 아무도 웃지 않을 거예요.

그럼 요즘에는 지방을 어떻게 읽고 있을까요? 먹을 것이 풍부한 오늘날에는 마른 몸이 좋은 몸, 아름다운 몸으로 간주되고 있어요. 사실 거기까지만이라면 그래도 좀 참을 수 있어요. 마른 친구들에게 아름다움은 양보하는 대신, 나는 튀김을 마음껏 먹을 수 있다면 나쁘지 않은 것 같아요. 하지만 오늘날 마른 몸은 단순히 부나 아름다움의 상징에 그치지 않아요. 마르지 않은 몸은 자기 관리를 못하고, 게으르고, 무능하다는 꼬리표를 달게 됩니다. 그런 무시무시한 방식으로 지방을 읽고 있으니, 너도나도 지방을 멀리하고 마른 몸을 만들려고 애쓰게 되지요.

특히 몸은 얼굴이나 키 등 다른 외모 요소에 비해서 더 인색한 평가를 받아요. 얼굴이나 키는 유전의 영향이 큰 것, 즉 타고나는 것이라 크게 바뀔 수 없지만 살은 먹는 것을 절제하고 운동을 하면 누구나 조절할 수 있다고 생각하기 때문이에요. 그러나 이것 역시 잘못된 생각이에요.

많은 전문가가 몸무게는 단순히 의지력의 문제가 아니라는 데에 대체로 동의해요. 몸무게는 생리적, 심리적, 사회 경제적, 문화적 요소들 사이의 복잡한 상호 작용의 결과물이지요. 유전의 영향도 커요. 사람의 몸은 유전적으로 결정된 체중 조절점이 작용해서 미리 정해진 범위 안에서 체중을 유지한다고 해요. 만약 살을 빼려고 일부러 적게 먹으면서 운동량을 늘리면? 몸은 이를 보충하기 위해 신진대사를 느려지게 하기 때문에 몸무게가 줄어든 채로 유지하기가 어려워지지요. 많은 사람이 살을 뺀 후에도 다시 원래 몸무게로 돌아가는 요요 현상을 경험하는 이유입니다.

누구나 노력만 하면 원하는 몸을 만들 수 있는 것이 아닌데도 불구하고 무조건 살을 문제시하니, 사람들은 지방에 공포를 느낄 수밖에 없습니다.

외모 스트레스를 받는 청소년들

여러분들도 이런 분위기 때문에 많은 스트레스를 받고 있을 거예요. 한국청소년정책연구원이 진행한 '2010년 청소년 건강 실태 조사'에 따르면 전국의 정상 체중인 중학생 2,566명 중에 남학생의 55%와 여학생의 53%가 자신의 몸무게가 비정상 상태라고 생각하고 있었어요.

자신의 체형에 대해 "전혀 만족하지 못한다."와 "만족하지 못하는 편이다."를 고른 학생들의 수를 합해 보면, 초중고 전체 남학생의 50%, 여학생의 66%였어요. 여학생은 세 명 중 두 명, 남학생은 두 명 중 한 명이 체형으로 인해 스트레스를 받고 있는 것이지요.

그런데 좀 더 자세히 들여다보면 남학생과 여학생의 스트레스에는 차이가 있었어요. 자신의 몸무게가 정상보다 적게 나간다고 생각한 남학생은 전체의 28%였지만 여학생은 11%에 불과했어요. 반대로 자신의 몸무게가 정상보다 많이 나간다고 생각한 남학생은 27%였지만, 여학생은 42%로 훨씬 많았답니다. 여학생 두 명 중 한 명은 자기가 뚱뚱하다고 생각하는 거예요. 어쩌면 여러분은 이 통계마저 틀렸다고 생각할지도 모르겠네요. "우리 반 여자애들은 한 명도 빠짐없이 자기가 뚱뚱하다고 생각하는데?" 하고 말이에요.

문제는 자신이 몸무게가 많이 나간다고 생각하는 남학생과 여학생 모두 자기 존중감이 낮았다는 거예요. 청소년 시절은 몸에 갑작스럽게 여러 가지 변화가 일어나면서 이런 변화에 민감해지고, 또 자신의 외모에 많은 관심을 가지는 시기잖아요. 자신의 가치를 쌓아 가는 시기이기도 하고요. 그런 중요한 시기에 외모나 신체에 자신감을 잃고 자기 존중감마저 낮아지는 건 정말 위험한 일이에요.

자칫 친구들과의 관계에서도 자신감을 잃고 소극적인 성격으로 변해 가지는 않을지 걱정이 됩니다.

그런데 앞의 조사에서 여학생과 남학생이 이상적으로 생각하는 체형에는 차이가 있었어요. 여학생들은 가능한 한 마른 몸을 원하지만, 남학생들은 무조건 마른 몸보다는 정상 체중이면서 적당히 튼튼한 몸을 원하는 것 같아요. 남학생들은 너무 말라도 싫은가 봐요. 위 조사에서 자신이 몸무게가 적게 나간다고 생각하는 경우 남학생은 자기 존중감이 낮았지만 여학생은 오히려 높았어요.

몸에 대한 불만은 다이어트로 이어질 거예요. 보건복지부가 2014년에 전국 중·고등학생 7만 2,000명을 대상으로 조사해 보니, 체중 감량을 시도한 사람이 남학생의 23%, 여학생의 45%였답니다. 어쩐지 이 조사 결과에도 의문을 표하는 여학생들이 있을 것 같아요. "절반도 안 된다고? 어느 동네에서 조사한 거야? 우리 반 여자애들은 지금 모두 다이어트 중이라고!" 하면서요. 아마 여러분이 피부로 느끼는 스트레스는 통계보다 훨씬 클 거예요.

여학생들은 마른 몸, 남학생들은 근육이 적당히 있는 몸이라는 목표가 다를 뿐 지금 모두가 살과의 전쟁을 치르고 있는 것은 마찬가지입니다. 요즘의 '외모 지상주의'는 누구에게나 가혹한 잣대를 들이대고 있어요. 정도의 차이는 있지만, 이제 청소년부터 성인까지 남성이든 여성이든 다들 외모로 평가받는 세상, 끊임없이 외모를 관리해야 하는 세상에 살고 있다고 느끼고 있어요.

얼마나 말라야 마른 거지?

그런데 어느 정도 말라야 마른 몸이고, 얼마나 근육이 있어야 근육질 몸이 되는 걸까요? 그에 대해 정확한 기준을 갖고 있는 사람이 있을까요? 아마 없을 테니, 힌트가 될 만한 것을 하나 살펴보기로 해요. 여자아이들이 많이 가지고 노는 인형 중에 바비 인형이 있어요. 바비 인형은 백인 일색이라는 것이 큰 문제지만, 그 문제는 일단 치워 놓고 몸의 문제만 볼까요?

바비 인형의 몸은 정말 비현실적인데, 이것이 얼마나 비현실적인 것인지 구체적으로 연구한 결과가 있어요. 바비 인형의 신체 치수를 실제 사람 몸에 맞춰 환산해 본 것이에요. 그랬더니 허리둘레는 16인치여서 그 안에는 간 반쪽과 창자가 조금 들어갈 수 있을 정도래요. 목은 너무 가늘어서 머리를 지탱할 수 없고 발목도 너무 가늘어서 기어 다녀야 하고요. 제대로 서서 걸어 다닐 수도 없는 사람이라니, 갑자기 바비 인형이 이상하게 느껴지지 않나요?

이러한 신체 왜곡은 남자아이들이 주로 가지고 노는 인형도 예외가 아니에요. 데버러 로드라는 법학자는 2011년에 미국의 남자아이들에게 가장 인기 있는 인형 중 하나인 지아이조(G. I. Joe) 인형의 몸매를 살펴보았어요. 해즈브로라는 회사에서 만든 지아이조 인형은 건장한 남자 군인을 표현한 것인데 갈수록 근육질 몸으로 변하고 있어요. 그중 하나를 일반적인 키의 남자로 만들어 보면 가슴둘레 55인치, 이두박근 27인치, 허리 29인치가 될 지경이라고 합니다. 실제로 이런 사람이 있다면 멋있다기보다 이상하겠지요?

서양 사람 중에는 덩치가 꽤 큰 사람이 많으니 서양 사람 체형과는 조금 비슷할 수도 있을까요? 그렇지도 않아요. 2004년에 미국에서 실시된 조사에 따르면 18세에서 25세 백인 남성의 평균 가슴둘레는 41인치, 허리둘레는 35인치라고 합니다. 서양 남자 기준으로 보아도 지아이조 인형의 몸은 전혀 현실적이지 않지요. 우리가 이상적이다, 아름답다고 생각하는 미의 기준이 너무 터무니없는 것은 아닌지, 실현 불가능한 목표 때문에 너무 고통받는 것은 아닌지 생각해 볼 필요가 있어요.

외모에 신경 쓰는 사람이 많아지다 보니, 이 현상이 이제 진지한 연구의 대상이 되었어요. 혹시 루키즘(lookism)이라는 말을 들어 봤나요? 루키즘은 외모가 개인의 우열뿐 아니라 인생의 성패까지 좌우한다고 믿어, 외모에 지나치게 집착하는 경향을 말해요. 외모 지상주의와 비슷한 말이지요. 윌리엄 새파이어라는 언론인이 2000년

바비 말고 래밀리도 있어!

미국에서는 2014년에 래밀리라는 '인간적인' 인형이 출시되어 인기를 끌고 있어요. 미국 19세 여성들의 평균 신체 치수를 반영해서 만들어진 인형이에요. 바비 인형이 175cm의 키에 몸무게는 50kg으로 비현실적인 데 반해, 래밀리는 163.3cm의 키에 몸무게가 68kg이라고 하니 진짜 사람에 더 가깝네요.

8월에 『뉴욕타임스』에 쓴 칼럼에서 루키즘을 다루면서 이 단어가 세상의 주목을 받기 시작했어요. 새파이어는 외모가 인종, 성별, 종교, 이념 등에 이어 새롭게 등장한 차별 요소라고 지목했어요. 그전까지 사람들이 인종이나 성별, 종교에 따라 차별받았다면, 이제는 외모로 차별받는다는 것이지요. 루키즘이 만연한 사회에서는 외모가 연애, 결혼 등과 같은 사생활은 물론, 취업, 승진 등 사회생활 전반까지 좌우하기 때문에 사람들은 외모를 가꾸는 데 많은 시간과 노력을 기울이게 됩니다.

실제로 비만 때문에 차별받는 사람들도 늘어나고 있어요. 데버러로드에 따르면 미국에서 실시한 한 설문 조사에서 "비만인 사람들이 직장에서 차별 대우를 받는다."라는 항목에, 설문에 참여한 사람의 절반 이상이 그렇다고 답했대요. "여성과 소수 민족이 차별받는다."라는 항목보다 더 많은 사람에게 표를 받았다고 하지요. 이제는 여성이라서, 소수 민족이라서 차별받는 사람보다 비만이라서 차별받는 사람이 더 많은 사회가 되어 가는 걸까요?

우리는 인종이나 성별, 종교를 가지고 사람을 차별해서는 안 된다고 배워요. 다양성의 가치를 존중해야 한다고도 배우지요. 물론 현실에서 늘 실천되지는 않지만, 적어도 차별은 해서는 안 되는 나쁜 행동임을 알고 있지요. 그런데 외모를 가지고 차별하는 것은 왜 나쁘다고 생각하지 않을까요?

일제 강점기에도 성형 수술을?

외모 차별이 괴로운 것은 우리가 아름답다고 생각하는 외모가 획일적이라는 점 때문이기도 합니다. 특히 우리나라의 경우 많은 이들이 '서구적인 외모'를 좇고 있지요. 이런 현상은 사실 그 역사가 꽤 깊답니다.

"얼굴의 미를 좌우하는 중요한 부분이 되어 있는 코가 낮은 것은 미개한 족속에서나 보는 것이다. (……) 근대 미인들은 될 수 있는 대로 코를 높이어 근대 문명인의 용모를 갖추려고 융비술을 베푸는 것이다."

코가 낮으면 미개하다니, 누가 이렇게 미개한 주장을 펼치는 것일까요? 이 글은 1936년 6월에 발간된 『여성』이라는 잡지에 실린 글의 일부예요.(김미선, 2005) 융비술은 낮은 코를 높이는 성형 수술을 가리키는 말이고요. 이 글에서는 조선 여성들이 코 성형을 해야 근대적인 미인이 될 수 있다고 말하고 있네요.

이것이 다가 아니에요. 다음 해인 1937년 5월에도 비슷한 이야기가 또 실렸어요.

"입술이 얇은 사람은 남성, 여성을 물론하고 문화인이란 걸 표징한다. (……) 흑인의 입술이 두터운 것을 미루어 이것을 증명할 수가 잊지를 않느냐."

코가 높고 입술이 얇아야 문화인이고, 흑인은 그 증거라는 글이 잡지에 버젓이 실리다니 지금으로서는 상상도 할 수 없는 일이지요. 하지만 당시 지식인들은 이런 글을 통해 조선 사람들의 외모를 바꾸려고 했어요. 사람들의 외모가 그 사회의 문명화 정도를 보여준다고 생각했거든요. 서양인에 가까운 외모가 문명인의 외모이며 더 아름답다는 생각을 점점 굳혀 간 겁니다.

이런 글을 보면 우리는 일제 강점기부터 이미 서구적인 외모를 동경해 왔다는 것을 알 수 있어요. 문화 연구자인 이영아는 이를 '문명화에 대한 열망' 때문이라고 설명해요. 1920~30년대에 조선은 근대화를 추진했어요. 그런데 조선에서 근대화란 곧 서양을 모방하는 것과 같았습니다. 서구의 물질문명은 발전되고 우등한 데 반해 조선의 것은 낡고 열등하다고 생각한 사람들이 많았거든요. 이들은 근대화를 이루기 위해 조선의 것들을 전부 서구처럼 뜯어고치고 싶어 했어요. 심지어 외모까지도요!

서양처럼 바꿔야 하는 것에서 외모도 예외가 아니었어요. 백인이 황인 또는 흑인보다 우월하고 아름답다는 '인종주의'를 조선인들도 받아들였죠. 인종주의는 굉장히 잘못되고 위험한 생각이지만 당시에는 이것을 문제라고 인식하지 못했어요. 그보다는 조선인들도 국제 사회에서 살아남기 위해서는 하루빨리 서양인처럼 '우월한 인종'이 되어야 한다는 조바심을 느꼈지요. 음식을 바꾸고 생활습

어느 정도 말라야 마른 몸이고,
얼마나 근육이 있어야
근육질 몸이 되는 걸까요?
그에 대해 정확한 기준을
갖고 있는 사람이 있을까요?

관도 바꾸어 인종을 '개량'하자는 캠페인은 심지어 성형을 해서라도 서양인과 닮아야 한다는 생각까지 낳았어요. 조선 시대에 인종주의와 미의 기준이 짝을 지어 등장한 것입니다.

그때나 지금이나 우리는 서구적인 외모를 아름답다고 생각해요. 우리 사회에서 보기 좋다고 말하는 얼굴과 몸매는 백인을 기준으로 삼고 있어요. 크고 쌍꺼풀이 있는 눈, 오뚝한 코, 작은 머리, 풍만한 가슴, 긴 팔과 다리, 큰 키, 흰 피부 등은 동양인의 몸이 아닌 서양인, 정확히는 백인들의 몸에 가깝습니다. 동양인이 서양인의 외모를 지니기란 당연히 쉽지 않죠. 그런데도 우리는 종종 서양인의 외모와 얼마나 비슷한지를 가지고 자기 자신과 다른 사람들을 평가합니다.

일제 강점기의 성형외과 의사?

일제 강점기에도 정말 성형 수술을 할 수 있었을까요? 어렵지만 완전히 불가능한 것은 아니었대요! 성형 수술은 이미 1920년대 중반부터 조선인들에게 알려졌답니다. 1927년 5월 『조선일보』에서는 '낮은 코를 인공으로 높이는 이야기'라는 제목으로 총 5회에 걸쳐 코 성형 수술 방법에 대해 자세히 소개한 적이 있어요. 물론 당시에 성형 수술을 할 줄 아는 조선인 의사는 거의 없었어요. 그래서 학자들은 『조선일보』에서 언급하고 있는 성형 수술은 조선에 거주하는 일본인이나 서양인 의사가 집도했을 것으로 짐작해요. 실제로 성형 수술을 받은 조선인 역시 손에 꼽을 정도로 적었겠지요.

혹시 우리는 인종의 차이와 외모의 다양성을 존중받아야 할 가치가 아니라 극복해야 할 장애물처럼 느끼고 있는 건 아닐까요?

일제 강점기에는 기술이 부족해 '융비술'을 받으려야 받기 어려 웠지만, 오늘날에는 성형 수술을 받는 사람들이 크게 늘어났어요. 정말 슬픈 것은 우리나라 사람들이 세계에서 성형 수술을 가장 많 이 받는다는 사실이에요. 2014년 한국보건의료연구원이 발표한 자 료에 따르면 한국인 1만 명당 미용·성형 시술 인구가 세계 1위예요. 시술을 하는 신체 부위만 해도 130여 곳에 이른다고 하지요. 당연히 수술 부작용을 겪는 사람들도 매년 늘어나고 있고요. 그만큼 자신 의 외모에 불만을 갖는 사람이 많다는 뜻이니, 정말 안타까운 1등이 에요.

성형 수술 중 가장 흔한 수술은 쌍꺼풀 수술일 거예요. 동양인들 이 워낙 쌍꺼풀 수술을 많이 받다 보니 미국에서는 아예 이 수술을 '아시안 안검 성형술'이라고 부르기도 해요. 사실 쌍커풀이 없는 눈 은 동양인들의 특징이에요. 통계에 따르면 동양인의 50~75%가 쌍 꺼풀이 없다고 해요. 우리가 쌍커풀이 있는 서양인들의 눈을 너무 추종한 나머지 동양인의 개성 있는 아름다움을 잃어버리는 것일지 도 몰라요. 혹시 여러분도 쌍커풀 수술에 유혹을 느끼고 있나요?

"쌍꺼풀 수술은 워낙 많이 하는 데다 비교적 간단한 수술이라 성 형 수술로 치지도 않아요."

이렇게 반박하는 친구들이 있을지도 모르겠네요. 하지만 쌍꺼풀 수술을 하려면 살을 자르고 꿰매야 하고, 그 과정에서 엄청나게 붓고 아픈데 어떻게 수술이 아닐까요? 의사에게는 간단한 수술일 수 있겠지만 환자에게는 어떤 수술도 결코 간단하지 않아요. 수술 후 부작용을 경험하는 사례도 있고요. 몸이 계속 성장하는 청소년 시기에는 더욱 위험해요. 게다가 일단 성형 수술을 하면 마음에 들지 않거나 부작용이 있다 하더라도 돌이키기 어려워요. 미의 기준은 계속 변하고, 외모에 대한 생각도 사람에 따라 각양각색이라 수술을 한 뒤에 후회하는 일이 의외로 적지 않습니다.

그럼 우리가 이상으로 좇는 외모를 가진 서양의 백인들은 어떨까요? 자기 자신이 미의 기준이니까 성형 수술 같은 건 할 필요 없이 자기 외모에 만족하면서 살고 있을까요? 그럴 리는 없겠지요. 2015년 10월에 나온 학술지 『네이처』에 따르면 미국에서 2005년부터 2014년 사이에 성형 수술을 한 백인이 38% 증가했어요. 성형 수술의 지침은 백인을 기준으로 하지만, 백인들도 성형을 하는 상황이네요. 미의 기준이 점점 높아지면서 누구도 자신의 외모에 만족할 수 없는 세상이 되어 가고 있어요.

이토록 복잡한 미의 기준

"나는 열심히 몸매를 가꾸고 다이어트를 해서 결점 없는 미인이 될 거야!"

혹시 여러분의 친구 중에 이런 원대한 목표를 세우고 오늘도 노력하는 친구가 있나요? 꿈은 클수록 좋다지만, 이런 꿈만큼은 주변에서 말리는 게 나아요. 결코 도달할 수 없는 목표거든요.

오늘날 이상적인 미의 기준은 머리부터 발끝까지 너무 많고 세세해서 평범한 사람이 그 모든 조건을 완벽하게 충족하기는 어려워요. 한 성형외과는 입꼬리 성형의 시술 대상이 "입꼬리가 처져 있어 우울한 인상을 가진 사람"이라고 광고하고 있더군요. "처진 입꼬리 때문에 무표정하거나 화난 것처럼 보이시는 분"이 있다면서요. 그 문구를 보는 순간, 나도 모르게 내 입꼬리가 처져 있나 하고 거울을 찾게 되지요.

생각해 보면 세상에 입꼬리가 올라가 있는 사람은 별로 없어요. 입꼬리가 처져 있다고 꼭 인상이 나쁜 것도 아니고요. 하지만 누구나 밝고 긍정적이고 매력적인 사람이 되고 싶게 마련이니 이 문구를 보면 내 입꼬리에 문제가 있다고 느낄 수 있어요.

여러분도 이런 광고들을 심심찮게 마주칠 거예요. 이런 광고들은 내 외모에 얼마나 문제가 많은지 새삼 깨닫게 만들어요. 예전에는 전혀 몰랐고, 이 정도면 꽤 괜찮다고 만족했던 내 얼굴인데, 그런 세세한 평가 기준 때문에 내 외모가 지니고 있는 '문제'들을 새롭게 알게 되지요.

최옥선이라는 학자가 2005년에 여성 잡지를 분석해 보니 신체를 세분화해서 결점을 제시하는데 그 개수가 머리부터 발끝까지 150여 개에 달했대요. 이를테면 피부의 경우 상태, 색깔, 탄력, 모양에 따라 건성, 복합성, 지성, 트러블성, 하얀 피부, 붉은 피부, 신축성이 없는 피부, 기미, 잡티, 뾰루지, 다크서클, 목주름, 볼 주름 등등 문제가

31가지나 있었어요. 최옥선은 1990년대에 우리나라에 이른바 외국의 '명품' 화장품들이 본격적으로 수입되면서 화장품 업계의 경쟁이 심해지자 우리 얼굴에서 문제를 자꾸 만들어 낸 것 아닐까 추측했어요. 피부에 새로운 문제들을 만들어 낸 뒤, 여성들에게 화장품으로 그 문제들을 해결할 수 있다고 광고하려고요. 그렇게 하나둘 만들다 보니 무려 150개나 되는 문제가 만들어진 것입니다.

세상의 어느 누가 150개에 달하는 항목에서 자유로울 수가 있겠어요? 우리나라에서 내로라하는 미녀 배우들도 누구는 머리가 크다, 누구는 키가 작다, 누구는 웃을 때 잇몸이 많이 보인다 하는 식으로 흠이 잡히곤 하잖아요. 알고 보면 그 사람의 매력 포인트가 될 수도 있는데, 표준적인 미의 기준만 강요하다 보니 문제처럼 느끼지요.

루키즘으로 상처 입는 것은 몸뿐이 아닙니다. 앞에서 외모와 자아 존중감의 관계를 이야기했듯이 루키즘은 마음에도 큰 상처를 입혀요. 『뚱뚱해서 죄송합니까?』라는 책에서 오뷰라는 필명의 대학생은 십 대 시절 사랑받고 싶다는 생각 때문에 결국 심리 치료를 받았던 경험을 솔직히 털어놓았어요. 어떤 기분이었는지, 이야기를 들어 볼까요?

제가 좀 통통하고 식욕이 좋았는데, 주위 사람들로부터 놀림을 많이 받았어요. "못 보던 사이에 뚱뚱해졌네?" 우리나라는 인사할 때 살쪘니, 살 빠졌니 이런 얘기 많이 하잖아요. 중학교 땐 괜찮았는데 점점 날씬해지고 싶더라고요. 관심도 받고 싶고 사랑도 받고 싶은데 말로 하기는 싫고. 식이 장애는 다이어트 때문에 생기는 게 아니라 마음의 병인 것 같아요. 저는 예뻐지기 위해 날씬해지고 싶었던 것보다는 야위어서 사람들에게 관심받고 동정받고 싶은 마음…… 내가 아프지 않으면 사랑받을 수 없으니까, 아파야만 했어요. 거식증, 폭식증이 왔다 갔다 했어요.

외모를 가꾸면서 예뻐지고 건강해지고 행복해지는 것이 아니라 자신을 미워하게 되고 몸과 마음이 아프다면 변화가 필요해요!

미스코리아 대회, 문제 있다

우리는 루키즘에 굴복하고 살아야 하는 걸까요? 그렇지 않다는 것을 보여 주는 용감한 사례들을 말해 볼게요.

혹시 미스코리아 대회를 본 사람이 있나요? 아마 많지 않을 거예요. 대회는 계속 열리고 있지만, 전처럼 지상파 방송국에서 대회를 생중계하지는 않거든요. 미스코리아 대회는 1957년에 시작된 이래 매년 큰 화제였습니다. 사람들은 올해 한국을 대표하는 미인으로 누가 뽑힐지 궁금해하며 텔레비전 앞에 모여 앉았지요.

미스코리아 대회가 인기를 끌면서 풍자도 등장했어요. 특히 미스코리아 후보들이 인사하는 전형적인 모습을 코미디언들이 자주 따라 했지요. 머리를 크게 부풀린, 이른바 사자 머리에 파란색 수영복을 입고 뒷짐을 진 채 무릎을 살짝 구부리면서 높은 톤의 목소리로 "안녕하십니까?" 하고 자기소개를 하는 모습 말이에요. 생각해 보면 참 이상한 동작이에요. 평소에는 그렇게 인사하는 사람이 아무도 없는데 왜 미스코리아 대회에서는 참가자들에게 그런 인사를 시켰을까요? 고개를 숙여 인사하면 열심히 부풀린 사자 머리가 흐트러질까 봐? 수영복을 입어 노출이 많으니 몸의 움직임을 가능한 적게 하려고? 알 수 없는 노릇이에요.

시간이 지나면서 이런 미인 대회에 문제가 많다고 생각하는 사람들이 늘기 시작했어요. 여성을 상품화하고 획일적이고 서구적인 미를 강요한다는 점이 특히 문제가 되었지요. 실제로 미스코리아 대회의 심사 기준을 보면 여성의 몸을 조각조각 나누어 평가하고 점수를 매기고 있었어요. 한국여성민우회는 미스코리아 대회를 비판하며 1996년 미스코리아 심사 기준안을 공개한 적이 있는데 그중 몇 개를 함께 볼까요?

- 목이 짧지 않은가.
- 양 어깨가 안 또는 밖으로 구부러지지 않았는가.
- 팔이 체격에 비하여 짧지 않은가.
- 배가 나오지 않았는가.

몇 개만 봤을 뿐인데도 갑자기 불쾌해지지 않나요? 마치 소고기에 등급을 매기듯이 사람 몸을 부위별로 평가하다니요.

이런 미스코리아 대회에 강력하게 항의하기 위해서 1999년에 '안티 미스코리아 페스티벌'이 개최되었어요. 이 페스티벌은 '국위 선양을 위한 미의 사절'이라는 이름으로 미스코리아 대회가 국가적 사업이 되고 있는 현실을 비판했어요. 하지만 강하게 비판하면서도 인상을 찌푸리고 화를 내는 대신 신나고 재미있는 축제를 벌였지요. 많은 여성이 잠재된 끼와 욕망을 무대 위에서 거리낌 없이 분출했어요. 누구도 외모를 평가하지 않고 출연자들과 관객이 함께 어우러져 해방감을 만끽했지요.

축제의 인기는 대단했어요. 1, 2회 합쳐 무려 1,200여 명이 몰려 북새통을 이루었답니다. 미스코리아 대회가 문제 있다고 생각하는 사람들이 그만큼 많았어요. 많은 언론이 앞다투어 이 독특한 축제를 보도했습니다.

이 축제를 주최한 잡지 『이프』의 편집 위원 김신명숙은 성, 인종, 나이, 장애를 차별하는 미스코리아 대회와 달리 안티 미스코리아 페스티벌에서는 어떤 외모를 지녔건 누구나 자신을 사랑하고 타인을 존중했기 때문에 큰 호응을 얻을 수 있었다고 평가했지요. 이후 많은 사람이 끊임없이 항의한 덕분에 수십 년 동안 이어진 미스코리아 대회는 2002년부터 지상파 생중계를 하지 않게 되었습니다! 그리고 안티 미스코리아 페스티벌도 2004년 6회를 끝으로 막을 내렸지요.

아베크롬비 불매 운동

비슷한 사례는 또 있어요. 아베크롬비앤드피치라는 미국의 한 의류 회사에서 있었던 일을 이야기해 볼게요. 흔히 아베크롬비라고 줄여 부르는 이 회사의 최고 경영자였던 마이크 제프리스는 백인, 그중에서도 날씬하고 근육이 있는 백인만 아름답다는 인종 차별적인 미의 기준을 신봉하는 사람이었어요. 아예 대놓고 "우리 브랜드는 백인들만 입었으면 좋겠다.", "뚱뚱한 고객은 물을 흐린다." 하고 말하기도 했지요. 의류 회사의 대표가 이런 말을 공개적으로 했다니 정말 귀가 의심스럽지요?

더욱 놀라운 건 그냥 말로만 그친 것이 아니라는 거예요. 아베크롬비에서는 XL 사이즈의 옷은 아예 만들지 않았고 아시아와 아프리카에는 '미개인'이 산다는 이유로 가게를 열지 않는다는 원칙을 2000년대 초반까지 갖고 있었어요. 직원을 고용할 때도 외모를 기준으로 삼았습니다. 멋있는 모델이 멋있는 고객을 끌어들인다면서 외모와 스타일을 기준으로 백인을 채용하고는 이렇게 뽑은 직원들을 매장에서 '모델'이라고 불렀어요. 이쯤 되면 정말 노골적인 인종 차별이지요. 인종 차별은 아시아 사람들에 대해서도 예외가 아니었어요. 미국에는 이민 온 아시아인들이 세탁소를 운영하는 경우가 많은데, 아베크롬비는 2002년에 우스꽝스러운 중국인 그림과 함께 "왕씨 형제의 세탁 서비스—두 명의 왕씨가 하얗게 해 드립니다."(Wong Brothers' Laundry Service —Two Wongs Can Make It White)라는 글귀를 넣은 티셔츠를 내놓은 적이 있어요. 그 티셔츠는 전 세계의 많은 사람들을 분노하게 만들었어요. 세탁소, 아시아인, 하얀색 등의 그림과 글이 여지없이 '인종 세탁'을 떠올리게 했거든요.

도대체 제프리스는 왜 이런 차별적인 정책을 펼친 걸까요? 아마도 제프리스는 아베크롬비라는 브랜드를 입으면 그 자체로 '아름다운 외모를 지닌 우월한 백인'이 될 수 있다고 홍보하고 싶었을 거예요. 그러면 많은 이들이 호응할 줄 알았겠지요. 한마디로 그런 정책이 장사가 될 거라고 믿었어요. 그 생각대로 아베크롬비는 인종 차별로 욕은 먹었을지언정 돈은 확실히 벌었을까요?

제프리스의 예상은 보기 좋게 빗나갔습니다. 미국에서뿐만 아니라 전 세계에서 아베크롬비 불매 운동이 펼쳐졌어요. 소송도 제기되어 키 크고 늘씬한 백인만 고용한 점에 대해 벌금형을 선고받았습니다. 아베크롬비가 낸 벌금은 자그마치 500억 원이에요. 아베크롬비의 경영 실적은 매년 줄어들었고, 결국 제프리스는 2014년 12월에 쫓겨나듯 아베크롬비를 떠났습니다.

제프리스는 자리에서 물러나면서 자신의 언행을 반성했을까요, 아니면 억울해했을까요? 제프리스가 끝까지 "몸매 좋은 백인이 예쁘고 멋진 건 사실이잖아. 다들 그렇게 생각하면서 왜 나만 가지고 그래?"라고 한다면 뭐라고 대답해야 할까요?

우리들이 잘 알고 있는 정답이 있지요.

"그건 명백한 차별이라고! 아름다움이란 훨씬 다양하고 주관적인 거야."

외모 품평은 그만

그래도 보기 좋은 떡이 먹기에도 좋고 "이왕이면 다홍치마." 아 닌가 하는, 일말의 의심을 끝내 떨치지 못하는 사람도 있을 거예요.

"어쨌든 예쁘고 멋있으면 좋은 것 아닌가?"

그건 개인의 성향에 따라 맞는 말일 수도 있고 아닐 수도 있어요. 모양이야 어떻든 떡이 맛만 좋고, 치마가 편하기만 하면 제일이라 고 생각하는 사람도 있을 테고, 품질보다는 외양을 더 중요시하는 사람도 있을 테지요.

루키즘의 문제는 맛이 있건 없건, 품질이 좋건 나쁘건 모든 사람 에게 무조건 외양만 보고 선택해야 한다고 강요하는 것이에요. 그 리고 또 다른 문제는 모든 떡과 치마의 모양이 똑같아지고 있다는 것이고요. 인절미도 시루떡도 동그란 모양이고, 세상의 치마란 치 마는 모두 다홍색 한가지라고 생각해 보세요. 사실 지금의 루키즘 은 여기서 더 나아가서 떡이 동그랗기 때문에 맛있고, 치마가 다홍 색이라서 품질이 좋다고 하는 꼴이랍니다. 모양과 맛, 색깔과 품질 은 서로 아무 관련이 없는데도 말이에요. 뭔가 앞뒤가 맞지 않지요?

물론 외모로 차별받는 현실이 바뀌지 않는 한 개인들이 루키즘에 저항하기란 매우 어려워요. "외모로 사람을 판단하지 말고 자신을 있는 그대로 사랑해야 해."라고 말한다면 이런 말을 들을지도 몰 라요.

"네 외모가 못나서 그래. 피해 의식 아니야?"

"자기가 예쁘고 날씬하니까 저런 말을 할 수 있는 거야!"

어느 편에도 들지 않고 내 생각을 온전히 말하기가 참 힘들어 보여요. 그만큼 우리 사회에서 루키즘은 강력해요. 특히 청소년 여러분은 외모가 계속 변하는 성장기라서 외모에 대한 압박을 더욱 크게 느낄 거예요. 여성스러운 외모, 남자다운 외모에 대한 사회의 기준에 휘둘리기도 쉽지요.

게다가 요즘 외모에 대한 품평을 아무렇지도 않게 하는 사람들이 많아졌어요. 외모를 가지고 놀려 댄다거나 심지어 욕을 하는 사람들도 적지 않아요. 자신이 얼마나 부끄러운 행동을 하고 있는지 모르는 사람들이지요. 이런 사람들을 만나면 기분이 심하게 상하기 전에 '참 한심한 사람이다.' 하고 생각하며 피하는 것이 상책입니다. 하지만 교실이나 집 안에 그런 사람들이 있다면 어떻게 해야 할까요? 피하고 싶어도 피할 수 없잖아요.

그래서 함부로 외모를 평가하지 않는 분위기를 다 함께 만들어 가는 것이 중요합니다. 아마 그런 행동이 나쁘다는 것을 모르는 사람은 없을 거예요. 하지만 그래도 괜찮다는 분위기가 있으니 굳이 자제하지 않지요. 그러니 친한 친구들부터 그런 행동을 하지 않도록 서로 다독이면서 분위기를 만들어 가야 해요.

가끔 가족이나 단짝 친구가 남보다 더 친하다는 이유로 더욱 무례하고 상처 주는 말을 할 때도 있어요. '상대방을 위해서' 외모 지적을 한다고 굳게 믿은 채로요. 상대방을 소중히 여기기 때문에 솔직하게 또는 따끔하게 이야기해서 자극을 주어야 한다는 논리예요. 그럴듯하지만 알고 보면 어처구니없는 생각입니다. 외모에 대해 품평하는 것은 상대방을 사랑하고 존중하는 마음에서 나올 수 있는 행동이 아니니까요.

자신을 정말로 사랑하고 존중해 주는 사람들과 친하게 지내는 것이 중요하고, 자신 역시 그런 친구와 가족이 되어 주는 것이 중요해요. 나쁜 언행을 하는 사람이 있으면 진지하게 대화해서 변화를 요구해야겠죠.

그래도 변하지 않으면 어떡하느냐고요? 그 사람이 변할 때까지 내 마음을 굳건히 해야겠지요? 쉽게 상처받지 않는 튼튼한 심장을 만들어야 해요. 그러자면 아름다움은 다양하고, 외모를 평가하는 것은 옳지 않다는 생각을 나부터 단단히 붙들어야 해요. 지금부터 조금씩 그런 연습을 해 간다면, 더 자신감 넘치는 어른이 될 수 있을 겁니다.

백설 공주의 계모는 거울을 보면서 이렇게 물었다고 하죠?

"거울아 거울아, 이 세상에서 누가 제일 예쁘니?"

이 질문은 처음부터 잘못된 질문이에요. 예쁜 사람을 한 줄로 세울 수는 없거든요.

어떤 아둔한 거울은 여전히 이렇게 대답할지 몰라요.

"이 세상에서 백설 공주가 제일 예쁩니다."

우리는 이렇게 일침을 날려 주자고요.

"그건 네 생각이고!"

나의 첫 젠더 수업

3

사랑은
언제나
낭만적일까?

나의
첫
젠더
수업

베르테르 신드롬

수수께끼를 하나 풀어 보세요. 이것은 무엇일까요?

- 푸른 하늘에서 갑자기 내려온 것.
- 이 세상에 오직 한 사람만을 위한 것.
- 그것을 위해서라면 무엇이든 하는 것.
- 사람을 흥분시키는 가장 격렬한 것.

답은 사랑이에요. 사랑 중에서도 주로 연인에게 느끼는 낭만적 사랑이지요. 위의 네 문구는 영국의 인류학자 사스비가 말한 '낭만적 사랑'의 정의랍니다. 어때요? 여러분이 생각하는 낭만적 사랑과 비슷한가요?

우리는 흔히 사랑이라고 하면 이런 것을 떠올려요. 사랑은 어느 날 갑자기 찾아와요. 사랑에 '빠진다'라는 표현처럼, 한순간에 사랑이라는 감정에 휩싸이게 되지요. 사랑에 빠지면 하루 종일 온통 그 사람 생각뿐이에요. 가슴이 뛰고, 이제나저제나 그 사람을 볼 수 있을까, 목소리라도 들을 수 있을까 전전긍긍하죠. 열렬히 사랑했지만 어쩔 수 없이 헤어지게 되면 식음을 전폐하고 눈물로 하루하루를 보내요. 이별을 이야기하는 노래들은 전부 내 마음 같아요. 그 사람과 함께 삶의 의미도 몽땅 사라져 버린 것 같은 절망감과 슬픔에 잠 못 이루고요. 낭만적 사랑은 아름답고 행복하지만 한편으로는 아프고 고통스럽기도 하지요.

여러분은 이런 사랑의 열병을 앓아 본 적이 있나요? 앓아 본 친구들도 있고, 지금 앓고 있는 친구들도 있을 거예요. 열병이나 상사병처럼 병이라고 부를 만큼 몸과 마음이 아프더라도, 그 아픔조차 기꺼이 받아들이고 싶을 만큼 열정적인 사랑을 누구나 한 번쯤 해 보고 싶어 하지요.

그런 사랑을 다룬 손꼽히는 명작이 독일 작가 괴테가 쓴 『젊은 베르테르의 슬픔』이에요. 낭만적 사랑과 그 비극적 결말을 다룬 편지 형식의 소설이지요. 베르테르라는 주인공 남자가, 약혼자가 있는 샬로테라는 여인을 사랑하게 되어 괴로워하다 권총 자살로 생을 마감하는 이야기예요. 사실 이 소설은 괴테 자신의 경험을 바탕으로 쓰였답니다.

1772년, 괴테가 독일의 베츨라어라는 지역의 제국 고등 법원에서 실습을 할 때의 일이었어요. 어느 날 저녁, 한 모임에서 괴테는 샬로테라는 여성을 보고 첫눈에 반합니다. 하지만 샬로테에게는 이미 약혼자가 있었어요. 그래도 괴테는 샬로테에게 마음을 고백했지만 샬로테는 우정 이상을 기대하지 말라며 그 마음을 받아 주지 않았어요. 결국 괴테는 넉 달 만에 인사도 없이 샬로테를 떠나고 말지요. 그로부터 몇 주 후 괴테는 베츨라어에서 알고 지냈던 카를이라는 친구가 자살했다는 소식을 전해 들어요. 사랑하는 여성이 유부녀라는 사실을 비관해 권총으로 목숨을 끊었다는 비보였죠.

괴테는 큰 충격을 받았습니다. 그리고 이 두 가지 사건을 엮어서 소설을 집필하게 되는데, 그렇게 쓴 작품이 바로 『젊은 베르테르의 슬픔』이에요. 괴테 자신의 표현을 빌리면 "몽유병자와 같은 무의식적인 확신을 가지고" 집필을 시작한 지 불과 4주 만에 소설을 완성했다고 합니다.(전종옥, 2011)

괴테는 이 작품을 25세였던 1774년에 발표했어요. 그 전까지 몇 편의 희곡을 쓴 것이 전부인 젊은 작가가 처음으로 쓴 소설이었는데도 반향은 대단했어요. 단숨에 유럽 전역에서 베스트셀러가 되었습니다.

이 소설이 얼마나 인기가 있었던지 당시 남자들은 베르테르처럼 노란 조끼와 바지, 파란 코트를 입고 다녔대요. 소설 속 주인공인 베르테르와 샬로테의 얼굴 그림이 들어간 부채, 도자기, 찻잔이 불티나게 팔리는가 하면, 베르테르라는 이름의 향수도 등장했지요. 베르테르의 실제 모델인 카를의 무덤에서는 베르테르 추모제가 열리기도 했어요. 심지어 소설 속의 베르테르처럼 파란 코트에 노란 조끼를 입고 책상 앞에 앉아서 권총 자살을 한 사람들도 있었습니다. 죽음마저 베르테르를 흉내 낸 것이지요. 소설 한 편이 사람들의 목숨까지 좌우하다니, 정말 놀라운 일이지요? 이런 자살로 인해 『젊은 베르테르의 슬픔』은 한동안 이탈리아, 독일, 덴마크 등에서 금서가 되기도 했다지요.

당시에는 이러한 현상을 '베르테르 열병' 혹은 '베르테르 유행'이라고 불렀어요. 독일에서뿐 아니라 영국, 프랑스, 네덜란드, 스칸디나비아 등지에서 수년 동안 이런 소란이 지속되었답니다. 그야말로 베르테르 신드롬이 불었지요.

재미있게도 우리나라에서는 주인공 베르테르보다 그가 사랑했

베르테르 효과

베르테르 신드롬은 책이 출간된 지 200여 년이 지난 후에 다시 한번 주목을 받았어요. 1974년에 '베르테르 효과'라는 용어가 등장했거든요. 데이비드 필립스라는 미국의 사회학자가 '모방 자살'에 붙인 용어예요. 필립스는 유명한 사람의 자살처럼 충격적인 자살 사건이 신문이나 방송을 통해 널리 알려지면 이후 그것을 모방한 자살이 눈에 띄게 증가하는 현상을 발견했습니다. 그리고 이 현상에 베르테르의 이름을 붙여 '베르테르 효과'라고 불렀어요.

던 여인 샬로테가 더 유명해요. 누군지 모르겠다고요? 우리에게 익숙한 기업 롯데의 이름이 바로 이 샬로테에서 왔어요. 사랑의 열병을 전파한 괴테의 소설이 기업의 이름에도 영향을 미쳤다는 사실이 흥미롭지요.

낭만적 사랑의 시작

'베르테르 신드롬'은 어떻게 일어날 수 있었을까요? 아무리 소설이 재미있기로서니, 소설 속 주인공의 모든 것을 따라 하는 것이 흔한 일은 아니잖아요. 아마 이 소설이 경험을 바탕으로 쓰였기 때문에 더 사실적으로 느껴져서 많은 공감을 불러일으켰을 거예요. 괴테의 천부적인 글솜씨도 한몫 단단히 했을 거고요. 하지만 이 신드롬에는 또 다른 중요한 이유가 하나 있습니다. 바로 18세기까지만 해도 이렇게 뜨거운 사랑의 감정에 대해 다룬 소설이 별로 없었다는 거예요!

지금 우리는 '낭만적인 사랑'에 굉장히 익숙해요. 『젊은 베르테르의 슬픔』에 나온 삼각관계라는 소재는 이제 진부하기까지 하지요. 우리는 낭만적인 사랑에 둘러싸여 살고 있다고 해도 과언이 아니에요. 사스비는 사랑이 영화, 책, 신문의 '뼈와 살'이라고도 표현했답니다. 사랑이 없으면 영화도 드라마도 신문도 만들지 못할 만큼 사랑이 중요해지고 또 흔해졌다는 뜻이지요. 그 덕분에 우리는 사랑을 다룬 수많은 작품을 보면서 수시로 "낭만적이야!", "로맨틱

해!" 하고 감동하지요.

하지만 불과 300~400년 전만 해도, 특히 서양의 역사에서 낭만적 사랑이라는 개념은 그리 흔한 것이 아니었어요. 그런 사랑을 꿈꾸는 사람도, 그런 사랑이 있다는 것을 아는 사람조차 드물었지요. '낭만적 사랑'이라는 개념은 18세기에 들어와서야 조금씩 생기기 시작했어요. 이전에는 가문, 친족, 마을, 국가와 같은 집단의 이해가 더 중요했지만 18세기부터는 개인의 생각과 느낌이 더욱 중요하다고 인식이 바뀌었거든요. 그러면서 연애할 수 있는 자유에 눈을 뜨게 되었지요.

소설도 이러한 변화를 거들었어요. 사람들은 사랑을 다룬 소설을 많이 읽게 되면서 낭만적 사랑이라는 감정을 배워 갔지요. 낭만적인 사랑과 낭만적인 소설은 닭과 달걀처럼 누가 먼저인지 알 수 없을 정도로 밀접한 영향을 주고받으며 함께 성장해 갔습니다.

바로 이와 같은 흐름이 시작될 때 괴테의 소설이 등장한 거예요. 그때까지 홀대받았던 본능, 정열, 느낌 같은 개인의 감정을 중시하는 소설을 젊은 작가 괴테가 선보인 것이지요. 그것이 바로 많은 사람이 이 소설에 열광한 이유랍니다. 괴테는 유럽 전역에 낭만주의 물결을 확산시킨 대표적인 작가이기도 해요. 독일에서 시작돼 유럽으로 확산된 이러한 문학 운동을 '질풍노도(Sturm und Drang) 운동'이라고 해요. 『젊은 베르테르의 슬픔』은 바로 이 운동에 불을 지핀 작품입니다. 그러니까 낭만적 사랑이라는 생각은 비교적 최근에 생겨난 것이라고 할 수 있어요.

연애와 결혼은 별개?

　그럼 낭만적 사랑은 어떻게 완성될까요? 사랑의 결말, 사랑의 종착점은 어디일까요? 이런 질문을 받자마자 여러분의 머릿속에는 멜로디 하나가 스쳐 지나갈 거예요. 결혼식에서 흔히 울려 퍼지는 '딴딴따단 딴딴따단' 하는 음악이 떠오르지요? 우리는 흔히 낭만적 사랑이 결혼으로 완성된다고 생각해요. 낭만적인 사랑을 주제로 한 동화, 소설, 드라마, 영화는 대부분 남녀 주인공이 결혼식을 올리는 장면을 보여 주면서 해피엔드로 막을 내리곤 하지요.

　서양 동화에는 사랑 이야기의 마지막을 장식하는 상투적인 문장이 하나 있어요. 바로 'They lived happily ever after.'라는 문장이지

질풍노도?

질풍노도라는 말이 어딘가 낯익지요? 사춘기를 흔히 '질풍노도의 시기'라고 표현하지요. 이 표현은 미국의 심리학자 겸 교육학자인 스탠리 홀이 처음 사용했어요. 홀이 사춘기를 질풍노도의 시기라고 부를 때 질풍노도 운동에서 아이디어를 얻었는지는 밝혀지지 않았어요. 그렇지만 둘 사이에는 비슷한 점이 많아요. 그중에서도 가장 비슷한 건 격정적인 감정, 그리고 사랑에 대한 관심은 사춘기 때 불타오른다는 것입니다.

요. '그들은 오래오래 행복하게 살았습니다.'라는 뜻이에요. 서로 열렬히 사랑했던 남자와 여자는 결혼해서 영원한 행복을 누렸다는 문장으로 사랑 이야기가 마무리되곤 하지요. 그래서 우리는 낭만적 사랑의 완성은 결혼이고, 결혼을 하지 않은 연애는 실패라고 생각합니다.

하지만 18세기 이전까지만 해도 이런 생각을 하는 사람은 별로 없었어요. 낭만적 사랑에 대한 개념이 없으니 낭만적 사랑을 완성하는 결혼이라는 개념도 없었지요. 그런 시절에 만약 어떤 남자가 "어머니 아버지, 저는 아무개와 결혼하겠습니다. 제가 사랑하는 사람이에요. 허락해 주세요!"라고 말씀드린다면? 어머니와 아버지는 너무 놀라서 의사를 부를지도 몰라요. 자식이 정신병에 걸렸다고요. 영국의 역사학자 로런스 스톤에 따르면 과거 서양에서는 사랑에 빠지는 것을 정신병이라고 생각했다고 합니다. 다행히 지속 기간이 짧고 일시적인 병이었지요. 정말 지금과는 분위기가 사뭇 다르지요?

사랑하는 사람과 결혼을 한다는 생각 역시 낭만적 사랑에 대한 생각이 본격적으로 싹트기 시작한 18세기 이후에야 생겨났습니다. 그러고도 오랫동안 연애와 결혼은 별개였답니다.

서양에서 결혼은 출산을 위한, 또는 집안의 땅과 재산을 늘리기 위한 수단에 더 가까웠어요. 그래서 부모들끼리 혼담을 나누어 자식들의 혼사를 결정하면 자녀들은 이에 따랐지요. 유럽에서 18세기 이전에 연인 간의 사랑은 혼외에서나 가능했다고 해요. 그것도 귀

족 계급에서만요. 귀족 중에는 '안락함과 출산은 집 안에서, 연애
는 집 밖에서'라는 이중적인 생각을 갖고 있는 사람들이 더러 있었
지요.(주창윤, 2015)

조선 시대의 사랑과 결혼

서양에 『젊은 베르테르의 슬픔』이 있다면 우리에게는 『춘향전』
이 있어요. 신분을 뛰어넘어 사랑을 꽃피운 이몽룡과 성춘향은 우
리나라 낭만적 사랑 이야기의 결정판이라고 할 수 있어요. 우리나
라도 조선 후기로 들어서면서 서민 문화가 발달하고 사랑 이야기도
제법 쓰였지요. 그렇다고 해서 몽룡이나 춘향과 같은 이들이 실제
로도 흔한 것은 아니었어요. 오히려 이 이야기는 그랬으면 좋겠다
하는 서민들의 소망을 담은 것에 더 가깝지요.

그런데 이 두 사람이 사랑을 나눌 때 열여섯 살 동갑내기였다는
사실, 알고 있나요? 어린 나이에 열정적인 사랑을 경험하다니 몽룡
과 춘향이 부럽다는 생각이 들지도 모르겠네요. 그런데 조선 시대
에 16세는 어린 나이가 아니었어요. 결혼을 일찍 하는 것, 즉 조혼
풍습이 고려 시대부터 내려왔기 때문에 당시에는 십 대에 결혼을
많이 했어요. 물론 대부분은 중매결혼이었지요.

이런 조혼 풍습은 19세기 말이 되어서야 조금씩 사라졌어요. 20세
기로 오면서, 조혼에 대해 비판적인 사람들이 나타났거든요. 『학교
의 탄생』이라는 책에 따르면 당시 『독립신문』, 『제국신문』, 『황성신

문』,『대한매일신보』 등 주요 언론에서 조혼 문제를 자주 다루었다고 합니다. 대체로 국가의 발전을 위해 학업에 정진해야 할 학생들이 일찌감치 결혼을 하는 바람에 공부를 뒷전에 두고 있다며 비판했지요. 또 아직 어린 십 대 시절에 아이를 낳으면, 그 아이가 건강하지 못하거나 체격이 작을까 봐 걱정하기도 했어요. 다음은 갑오개혁 직후인 1898년 2월 12일『독립신문』에 실린 논설의 일부입니다.

"그 아이들이 아직 기혈도 자라지 못한 것들이 합하여 아이들을 낳으니 이것은 어린아이들에게 몹쓸 학정이요, 또 그 어린아이에게서 난 어린아이가 무슨 뛰어난 재주와 강한 체격이 생기리오. 그러한즉 전국 인종이 자연히 졸아져 못생긴 인물이 많이 나는 것은 생물학 이치에 자연한 일이라."

이렇게 조혼에 대한 비판이 거세지면서 결혼 연령이 늦추어지기 시작했습니다. 공식적으로는 1894년 갑오개혁으로 조혼이 아예 금지되었지요. 또 갑오개혁으로 과거제가 폐지되고 학교가 생겨났어요. 그러면서 십 대는 결혼을 해서 가정을 꾸리는 것이 아니라 공부에 전념해야 하는 시기가 되었답니다. 우리나라에서 십 대가 강제적인 조혼에서 벗어나 학생 신분으로 공부라는 의무를 짊어지게 된 지는 불과 100여 년밖에 되지 않은 셈이에요.

물론 그러고도 한동안은 여전히 '낭만적인 사랑과 결혼'의 흔적을 별로 찾을 수 없어요. 조혼을 하지 않았을 뿐, 자신이 선택한 사람과 결혼하는 연애결혼이 일반적이지는 않았습니다. 이몽룡과 성춘향의 사랑은 어디까지나 소설 속 이야기였지요. 여전히 부모들끼리 혼담을 나누어 자식의 결혼을 결정하는 경우가 많았습니다. 자식들은 부모의 결정에 순응해 얼굴도 모르는 사람과 결혼하곤 했고요. 오죽하면 연애결혼의 다른 이름이 자유 결혼이었답니다. 그 시절에 연애를 하는 건 곧 자유를 얻는 것과 같았어요.

우리나라에서 연애결혼이 자리를 잡은 것은 1970년대 무렵이에요. 한국보건사회연구원에 따르면 1960년대 전반에는 중매혼이 많다가 1970년 이후부터 상황이 반전되어 본인이 먼저 결정하고 부모가 동의해 결혼에 이르는 순서로 바뀌었다고 해요. 사랑하는 사람과 연애하다 결혼에 골인하는 연애결혼이 젊은이들 사이에서 인기를 끈 것이 겨우 1970년부터의 일이라니, 정말 얼마 되지 않았지요?

그사이 결혼의 개념도 많이 바뀌었어요. 과거의 결혼은 가문 간의 결합, 혹은 대를 잇기 위한 출산의 목적이 가장 컸어요. 하지만 오늘날에는 사랑하는 사람과 한평생 행복하게 살면서 사랑의 결실인 자녀를 키우는 일이 되었습니다.

이렇게 보면 낭만적인 사랑, 사랑을 완성하는 결혼이라는 개념은 서양에서든 우리나라에서든 비교적 최근에 생겨난 것임은 확실해요. 그 짧은 시간 동안 사람들의 머릿속에 확고하게 자리 잡았지요. 게다가 첫 결혼 연령이 서른을 넘어서서, 결혼하기 전까지 여러 번 연애를 하게 되는 오늘날에도, 첫사랑과 결혼하는 것이 가장 낭만적이라는 생각이 뿌리 깊게 남아 있어요.

여러분은 어떤가요? 첫사랑 상대와 결혼하고 싶다는 '낭만적인' 기대를 갖고 있나요? 아니라면 연애에 대해 어떤 바람을 품고 있나요? 그 전에 한 가지 생각해 볼 것이 있어요.

연애 각본

연애의 자유는 새로운 고민을 가져왔어요.

'어떻게 하면 상대방의 마음을 얻을 수 있을까?'

'이런 내 모습을 그 사람이 좋아할까?'

'어떻게 해야 사랑이 변치 않고 지속될 수 있을까?'

연애라는 개념도 없었고, 부모가 시키는 대로 결혼을 하던 시절에는 할 필요가 없었던 고민이지요.

사랑에 빠진 사람들, 낭만적인 사랑을 꿈꾸는 사람들은 상대방이 자신을 있는 그대로 사랑해 주기를 바라요. 하지만 한편으로는 자신의 모습을 있는 그대로 보여 주면 상대방이 실망하고 사랑이 식을까 봐 두려워하지요. 한마디로 이러지도 저러지도 못하게 됩니다.

이럴 때 위험 부담을 줄일 수 있는 해결책이 있어요. 바로 남들이 하는 대로 따라 하는 거예요. 남자가 좋아하는 여자의 행동, 여자가 좋아하는 남자의 매너 등을 인터넷으로 찾아보거나, 연애 좀 해 봤다 하는 친구들에게 조언을 들으면 대충 남들이 어떻게 연애하는지 알 수 있어요. 또 혈액형이나 별자리를 가지고 상대의 성향과 취향을 짐작해 보기도 하지요.

낭만적인 사랑,
사랑을 완성하는 결혼이라는 개념은
서양에서든 우리나라에서든
비교적 최근에 생겨난 것임은 확실해요.
그 짧은 시간 동안
사람들의 머릿속에 확고하게
자리 잡았지요.

아마 여러분도 데이트에서 여자와 남자의 역할이 무엇이고 어떻게 행동해야 하는지 어느 만큼 알고 있을 거예요. 지금 연애를 하고 있다면 그 틀대로 여자 친구, 남자 친구와 데이트를 하고 있을 테고요. 혹시라도 '나는 왜 이렇게 창의력이 부족하지?'라고 자책할 필요는 없어요. 여러분은 단지 '문법'에 충실할 뿐이니까요.

이성애 연애에는 문화적 문법이라는 것이 있어요. 미국의 사회학자 로스와 슈워츠는 이성애 연애의 문화적 문법을 '연애 각본'이라는 용어로 설명했어요. 배우들이 각본에 따라 대사와 행동을 연기하듯이, 연인들도 연애 각본을 행동 지침으로 삼아 따른다는 뜻이에요. 또 미국의 심리학자인 로즈와 프리즈도 이를 연구하고는 명확하고 공식적인 데이트 문법이 존재할 뿐 아니라 심지어 1950년대 이후로 별로 변하지도 않았다고 결론 내렸어요. 대체 어떤 각본인지 한번 살펴볼까요?

이 각본에서는 남자와 여자의 역할이 다른데 남자는 대체로 적극적인 행동을, 여자는 소극적인 행동을 하기로 되어 있어요. 예를 들어 남자는 데이트를 제안하고, 계획을 세우고, 여자를 데리러 가고, 운전을 하고, 돈을 내고, 문을 열어 주고, 집에 데려다주지요. 반면에 여자는 남자가 주도하기를 기다리고, 남자의 제안을 받아들일지 아니면 거절할지 결정해요. 연구에 따르면 남녀평등을 중시하는 사람들도 연애를 처음 시작할 때는 이 각본에 따른다고 해요. 아마도 처음 만나는 사람을 상대로, 모두에게 익숙한 전통적인 성 역할을 따르지 않는 것이 부담스럽기 때문일 거예요. 또한 모두에게 익숙한 행동을 하면 낯선 사람과의 만남에서 느껴지는 어색함을 줄일 수도 있겠지요. 상대방이 어떻게 행동할지, 자신이 어떻게 반응해야 하는지 어느 정도 예측할 수 있으면 긴장감도 많이 줄어들겠지요?

미국 학자들이 연구한 연애 각본인데, 우리나라의 각본과도 크게 다르지 않은 것 같아요. 우리나라에서도 대체로 남자가 먼저 데이트를 제안하고, 함께 음식을 먹고 커피를 마시며 대화를 나눈 뒤에는 남자가 여자를 집에 데려다주고, 만남이 즐거웠다고 말하며 다음 만남을 제안하지요. 남자의 제안을 받은 여자는 이 사람을 한 번 더 만날지 고민하고요.

도대체 사람들은 이런 연애 각본을 어떻게 알게 되는 걸까요? 교과서에 나오는 것도 아닌데 말이에요. 교과서는 없지만, 알고 보면 참고서 비슷한 것은 무수히 많답니다. 동화, 드라마, 영화 등의 매체에서 그려지는 여성과 남성의 모습을 보면서 자연스럽게 익힐 수 있지요.

이 연애 각본, 이대로 계속 따라가도 괜찮을까요? 우리의 '참고서'를 계속 믿어도 좋을지 한번 살펴볼게요.

신데렐라는 왜 기다리기만 할까?

『신데렐라』를 볼까요? 신데렐라와 비슷한 이야기, 즉 가난한 여성이 부자 남성을 만나 결혼하는 이야기는 전 세계에 약 1,000여 종이나 있대요. 정말 많지요. 신데렐라가 왕자와 만나 행복해지는 결말을 읽었을 때 여러분은 어떤 생각이 들었나요? 혹시 능력 있고 부자인 남성과 결혼하는 것이 여성의 문제를 해결하는 가장 손쉬운 방법이라는 생각이 무심코 들지는 않았나요? 가난부터 새어머니의 구박까지, 신데렐라가 처한 여러 곤란이 왕자를 만나자마자 한번에 말끔히 해결되는 것을 보면 나도 모르게 그런 생각이 들기도 하지요.

또 『신데렐라』뿐만 아니라 많은 동화에서는 희고 고운 살결, 연약하고 가냘픈 몸, 우수에 젖은 눈 등을 아름다움의 기준으로 꼽고 있어요. 이러한 기준에 모두 들어맞는 미인이 멋진 남성의 선택을 받곤 하지요. 혹시 『인어 공주』에서 왕자가 인어 공주가 아닌 다른 여성과 결혼한 이유가 무엇이었는지 기억나나요? 바로 그 여성의 외모 때문이었어요. 왕자는 '비단결처럼 곱고 하얀 피부, 길고 검은 속눈썹, 미소 띤 두 눈'을 한 아름다운 공주에게 반해 인어 공주의 존재를 잊고 말아요. 그런데도 인어 공주는 왕자를 사랑하는 마음 하나로 자기 목숨마저 기꺼이 버리지요. 서로 열렬히 사랑했던 것도 아니고 그저 짝사랑일 뿐이었는데도, 인어 공주에게는 왕자가 자신의 목숨보다 더 중요했나 봐요.

『잠자는 숲속의 공주』, 『백설 공주』, 『라푼젤』 등 다른 동화들도 큰 틀에서 보면 비슷한 내용을 담고 있어요. 남자 주인공의 신분은 대체로 높고 귀한 왕자이고, 왕자는 미녀에게 첫눈에 반해요. 왕자가 위기에 처한 미녀를 구해 주면, 미녀도 왕자를 사랑하게 되지요.

즉 남자는 어려움을 극복해 사랑을 쟁취하고, 미모가 빼어난 여자는 그런 남자에게 선택받는 구도입니다.

동화 속의 여자들은 탑에 갇혀 있거나, 오랫동안 잠들어 있거나, 고된 집안일에 시달리지만 스스로 거기서 벗어날 수 있는 방법은 없어 보여요. '진실한 사랑'이 유일한 해결책이기 때문에 자신을 사랑해 줄 남자를 기다리는 수밖에요. 잠자는 숲속의 공주는 무려 100년 동안이나 기다렸잖아요! 남자도 여자를 위기에서 구해 주려면 목숨을 걸어야 해요. 진실한 사랑은 그만큼 하기 힘들지만 그만한 가치가 있는 것처럼 그려져요. 일단 사랑을 하게 되면 영원한 행복과 안녕을 누릴 수 있으니까요.

이러한 이야기들은 오늘날까지도 드라마나 영화에서 반복되며 '신데렐라 콤플렉스'를 낳기도 했어요. 신데렐라 콤플렉스는 자신의 삶을 스스로 개척하려고 노력하기보다는 사랑이라는 이름으로 자신의 문제를 대신 해결해 줄 남자를 마냥 기다리는 것을 가리키는 표현이에요. 미국의 심리학자 콜레트 다울링이 1982년에 책『신데렐라 콤플렉스』에서 처음 사용했지요. 동화 속 신데렐라는 상황을 개선하기 위해 어떤 노력도 하지 않은 채 그저 순종하고 기다리기만 해요. 그런데도 모든 일이 순조롭게 진행되어 왕자와 행복한 결혼을 하게 되지요. 우리는 이런 동화와 소설을 통해 연애 각본을 익혀 왔습니다.

"백마 탄 왕자님이라니, 너무 구시대적이고 비현실적이야!"

이제는 이렇게 생각하는 친구들이 많을 거예요. 실제로 시대가 변하면서 드라마나 영화에 등장하는 주인공들에게서도 변화가 생겨나고 있어요. 요즘에는 여성들이 사회생활을 활발하게 하고 또 성평등에 대한 생각도 더 깊어졌지요. 결혼해서 가정주부로 사는 것이 여자의 당연한 운명이 아니라고 생각하는 여성들이 많아졌으니, 자연스럽게 그런 여성들의 모습이 드라마에서도 그려지고 있어요.

특히 요즘 드라마의 가장 큰 변화는 '연상인 여성'과 '연하인 남성'이 연인으로 등장한다는 것이에요. 우리나라에서는 나이가 더 많은 사람이 상대를 이끄는 역할을 할 때가 많아요. 그럼 연인 관계에서 여자가 연상이면 연애 각본에도 변화가 생길까요?

정지은이라는 학자가 연구한 바에 따르면, 여성이 연상이어도 연애의 문법은 크게 달라지지 않았다고 해요. 정지은은 「내 이름은 김삼순」, 「신사의 품격」 등 2004년부터 2013년까지 10년간 방영된 텔레비전 드라마 중 10편을 선정해 드라마에 나타난 연애 관계의 특징을 분석해 보았어요.

'연하남'은 대체로 준수한 외모, 배려심, 중산층 이상의 부유한 배경에 전문직에 종사하고, '연상녀'는 대체로 귀엽고 순수하게 그려지고 있었어요. 나이만 다를 뿐 전통적인 성 역할 묘사에서 크게 벗어나지 않았네요. 한편 이들은 연인이 되기까지 어려움을 겪는데 가장 큰 반대자는 주로 부모님이에요. 부모님은 계급 차, 나이 차, 여성스럽지 못한 태도 등을 이유로 둘의 관계를 반대하는 경우가 많았어요.

물론 변화가 전혀 없는 것은 아니었어요. 최근 드라마에서 여성의 외모와 성격은 예전보다 다양하고 현실적이었어요. 파티시에를 꿈꾸는 여성부터 군인이 직업인 여성까지 여러 여성이 등장해서, 일터에서 겪는 애환이나 성장 과정이 그려졌지요. 이런 점은 확실히 전통적인 여성상에서 조금 앞서 나갔네요. 여성의 직업적 고민과 성장을 다루게 된 것은 의미 있는 변화입니다.

하지만 여성이 아무리 직업 세계에서 변화하고 성공하더라도 로맨스에서, 연애 각본에서 변화가 없다면 분명 한계가 있습니다. 그래서 정지은은 드라마에 연하남이 등장했다 하더라도 성별 관계가 바뀌었다기보다는 판타지의 대상이 바뀐 것일 뿐이라고 분석했어요. 백마 탄 왕자, 즉 완벽한 남자라는 기존의 판타지에 젊음에 대한 선호, 그리고 여성의 사회적 성공에 대한 열망까지 합쳐져서 더욱 완벽한 판타지를 만들어 낸다는 것입니다. '든든한 남성의 보호'와 '사회적 성공'이라는 두 마리 토끼를 다 잡을 수 있다면, 정말 완벽한 행복이라는 판타지가 완성되는군요. 그러고 보면 연애의 각본을 벗어나는 것, '신데렐라 콤플렉스'를 벗어나는 것은 생각보다 쉽지 않네요.

청소년들의 이상형은?

여러분도 이런저런 연애 경험이 있을 거예요. 공부하느라 연애 같은 건 할 시간이 없다고요? 통계 자료가 있으니 그런 말은 안 통한답니다. 2013년에 서울시에서 조사한 결과에 따르면 공부와 각종 과제에 정신없는 와중에도 많은 학생이 몰래몰래, 살짝살짝 연애를 한다고 하네요. 초등학교 6학년 1,116명 중 42%, 중학교 2학년 1,078명 중 38%, 고등학교 2학년 및 쉼터, 보호 관찰 청소년 1,229명 중 46%가 연애 경험이 있거나 현재 연애 중이었어요. 초등학생들도 연애를 많이 하고 있고, 고등학생이 되면 연애하는 친구들이 거의 절반에 이르는군요.

다행히 요즘에는 연애한다고 하면 무조건 이상한 눈으로 쳐다보는 어른들이 줄었어요. 성적이 떨어질까 봐 또는 위험한 행동을 할까 봐 걱정된다는 이유로 청소년들의 연애를 말리는 어른들은 여전히 많지만 그래도 전에 비해서는 많이 관대해졌지요. 물론 연애를 권하는 어른이 많지는 않아요. "공부는 다 때가 있는 거야. 연애는 대학 가서 실컷 해!" 하며 탐탁지 않게 여기지요.

어쩌면 여러분도 그런 이유 때문에 연애를 망설이고 있을지도 모르겠네요. 그런 여러분에게 반가운 연구 결과가 하나 있답니다. 연애가 의외로 청소년들에게 긍정적인 영향을 미친다는 연구예요. 학자 이명신과 곽종형은 2016년에 한 연구를 통해, 연애는 사회적 관계를 확대함으로써 청소년기의 자아 중심성을 극복할 수 있는 기회를 제공한다는 것을 발견했어요.

조금 풀어 설명해 보자면 연애를 하면서 나 말고 다른 사람의 입장을 생각할 줄 아는 사람으로 성장할 수 있다는 뜻이에요. 연애하는 동안 다른 사람을 소중하게 여기고, 그런 마음을 표현하게 되기 때문이겠지요? 또 연애를 통해 예의를 갖추어 상대방에 대한 관심을 표현하는 방법뿐 아니라 대화하고 협력하는 법, 타인을 배려하는 법 등을 배울 수 있다고 해요. 나를 소중히 여기고 사랑해 주는 상대방의 마음을 받아들이면서 친밀감을 만들어 나가고요. 한마디로 연애를 통해 좀 더 나은 사람이 될 수 있겠어요.

게다가 연구에 따르면 연애를 해도 대부분 성적이 떨어지지 않았대요! 경기도에 있는 4개 남녀 공학 중학교의 여학생 184명과 남학생 181명, 총 365명을 조사한 결과 "연애 후 학업 성적에 변화가 없다."라고 대답한 사람이 전체의 64%로 가장 많았답니다. 또 주위 사람들이 연애 사실을 알고 있을 경우 부모님, 친구들, 선생님과의 관계가 모두 좋았다고 해요. 기왕에 연애를 한다면, 주변에 널리 알리는 편이 좋을 듯하군요.

물론 그것도 마음에 드는 상대를 발견한 뒤의 일이기는 하지요. 연애를 하고 싶어도 내 이상형이 나타나지 않으면 도리가 없잖아요.

'내 짝은 도대체 어디에 있을까? 나타나기만 해 봐라. 내가 정말 잘해 줄 거야!'

이런 생각을 하는 친구들도 많지요? 그럼 십 대 청소년들은 어떤 연인을 기대할까요? '연애 인문학자'를 자처하는 윤이희나는 2010년에 서울에 사는 십 대 400여 명에게 이상형을 물어보았어요. 먼저 십 대 남학생들의 답변을 조금 살펴볼까요?

- 긴 머리에 착하고 귀엽고, 잘 웃는 성격의 사람.
- 대충 보면 예쁘고, 자세히 보면 귀여운 여자.

- 글래머러스한 몸매와 귀여운 얼굴의 여자.

- 뚱뚱하지 않고 귀엽지만 S 라인인 여자.

- 키는 160~167cm 정도고, 귀여운데 4차원인 예쁜 여자.

- 예쁘고 귀엽고 청순하고 나를 이해해 주는 여자.

- S 라인에 활발하고 생각이 깊은 여자.

- 머리 올렸을 때 예쁘고, 눈은 똥그랗고 코는 오똑한 여자.

반면 십 대 여학생들은 이렇게 답했대요.

- 순수하고 나만 바라봐 주고 다른 여자한테는 무뚝뚝하고, 속이 깊고 지적이고 개념이 잘 박힌 남자.

- 키는 175cm 이상이고, 목소리가 좋고 눈웃음이 있고 배려심 깊고 눈치 빠르고, 부르면 바로 올 수 있는 남자.

- 몸매는 엄청 뚱뚱하지도 엄청 마르지도 않아야 하며, 내가 안기면 포근한 사람.

- B형이고 연락이 잘되고 노래를 잘 부르고 은근슬쩍 잘 챙겨 주는 남자.

- 지하철에서 문에 기대고 있을 때 "너 그러다 넘어진다." 하면서 안으로 끌어 주는 남자.

- 외모랑 다르게 로맨티스트이며 잔근육이 있는 남자.

- 키는 나보다 10cm는 커야 하고 유머러스하며 나의 고민을 상담해 줄 수 있는 사람.

• 마음이 잘 맞고 아무런 말 없이 있어도 전혀 불편하지 않으며, 슈트가 잘 어울리는 사람.

우와, 이런 이상형이라니 만나기가 좀처럼 쉽지 않겠는걸요. 여러분은 공통적으로 키, 생김새, 스타일에 민감하군요. 또 착하다, 순수하다, 개념 있다 등의 성향도 중시하고요. 그런데 남학생과 여학생의 대답에서 조금 차이점도 있는 것 같아요. 혹시 발견했나요?

윤이희나는 성별에 따라 뚜렷한 차이가 하나 있다고 해요. 남학생들은 주로 외모에 초점을 두는 반면, 여학생들은 '나에게 이러이러하게 대해 주는 사람'이라는 구체적인 그림이 보태져 있다는 거예요. 이에 대해 윤이희나는 여학생들은 외모뿐 아니라 상대와 맺게 될 관계의 형태를 중시한다고 분석했어요. 물론 그 관계는 낭만적이고요.

사실 이상형과 연애하는 사람은 많지 않을 겁니다. 연애가 성사되는 것 자체가 너무 어려우니까요. 연애가 성사되려면 첫째 누군가가 나를 좋아한다, 둘째 나도 그 사람을 좋아한다, 셋째 서로 좋아하는 타이밍이 맞다, 이 세 가지가 동시에 일어나야 해요. 쉽지 않지요? 그러니 이상형은 이상형일 뿐, 현실에서는 나를 좋아해 주는 사람이 가장 멋지고 고마운 사람이라고 생각해 보면 어떨까요?

이것은 앞서 말한 연애 각본을 벗어나는 지름길이기도 해요.

상대는 나를 비추어 주는 거울

내가 좋아하고, 나를 좋아해 주는 사람을 만나는 것 자체가 어렵기 때문에 일단 만난 뒤에는 상대방을 소중하게 여기고 좋은 관계를 유지하려고 노력해야 해요. 어렵게 만난 소중한 사람과 오래오래 잘 지내려면 어떻게 해야 할까요? 연애 각본대로만 하면 행복해질 수 있을까요?

연애 각본에서 주의해야 할 점이 있어요. 연애 각본은 연애 내내 지속되는 것이 아니라 연애 초기에 가장 중요하다가 점점 그 중요성이 줄어든다는 사실이에요. 앞서 로즈와 프리즈의 연구는 '첫 데이트'에서의 연애 각본을 살펴본 것이었어요. 사람들은 첫 데이트를 비롯해 만남 초기에는 연애 각본을 열심히 따르지만 만남이 지속될수록 각본에 점점 소홀해집니다. 각본을 따라 하는 내 모습이 진정한 내가 아니기 때문이에요. 남자도 여자 친구에게 외투를 벗어 주면 춥고, 여자도 밥을 조금만 먹으면 배가 고프잖아요. 여자도 남자 친구를 바래다주고 싶을 때가 있고요.

그러니 연애를 할 기회가 생긴다면 각본에 너무 연연하지 말고, 데이트 계획을 함께 세워 보아요. 무엇을 할지, 비용을 어떻게 부담할지 언제 만날지 같은 계획을 함께 세우다 보면, 그 자체로 설레고 재미날 거예요. 연애 각본에서는 흔히 영화를 보거나 산책을 하는 게 대표적인 데이트 코스라고 하지만, 그보다 하이킹, 요리, 수다, 독서 토론 같은 다양한 활동을 해 보면 어떨까요? 그 과정에서 나만의, 우리만의 이야기가 생긴다면, 그 이야기들이 쌓이면서 좀 더 재미난 관계를 만들 수 있을 거예요. 둘만의 이야기, 둘만의 추억은 내 삶을 더 알차게 해 주지요.

또 서로 배려하고 맞춰 갈 수 있다면 더욱 좋아요. 그러려면 여러 가지 '조건'으로부터 자유로워져야 해요. 상대의 성적, 집안 배경, 외모 같은 조건들은 그 사람을 말해 주지 않아요. 그 사람의 인격, 생각과 취향은 거기에 없어요. 조건을 따지지 않고 자기 자신을 드러낼 수 있을 때, 나에게 자기 모습을 솔직하게 드러내는 사람과 함께할 때 더욱 의미 있는 관계를 만들 수 있습니다.

사실 연애 관계처럼 나 자신을 힘들게 하는 관계도 없어요. 항상 그 사람이 머리에서 떠나지 않고, 그 사람의 말이 무슨 뜻인지를 고민하고, 만날 날을 손꼽아 기다리고, 그 사람이 아프면 열 일 제쳐 놓고 달려가게 되지요. 싸우기라도 하면 너무 슬퍼지고, 결국 헤어지면 세상에서 가장 고통스러운 사람이 자신인 것 같지요. 그야말로 감정이라는 롤러코스터의 높이와 깊이가 엄청납니다.

재미있는 건 그 과정에서 나 자신에 대해서도 더 잘 알게 된다는 거예요. 내가 무엇을 좋아하고 싫어하는지, 상대방과 얼마나 소통할 수 있는지, 나에 대해 얼마나 솔직해질 수 있는지, 나와 다른 사람을 얼마나 이해하고 수용할 수 있는지 등을 끊임없이 생각하게 되니까요. 그전에는 몰랐던 나의 면면들을 비로소 알게 되기도 하지요. 그래서 사람들은 사랑하는 사람을 '나를 비추어 주는 거울'이라고 말하나 봅니다.

연애는 굉장히 치열하고 어려운 인간관계랍니다. 실제의 연애는 낭만적인 면보다 힘들고 고통스러운 면이 더 많을지도 모르겠어요. 그래서 연애를 하고, 또 이별을 하면서 인간이라는 존재에 대한 이해가 깊어지며 훌쩍 성장하게 되지요.

지금 연애를 하고 있다면, 또는 앞으로 연애를 한다면 연애 각본은 조금만 활용하기로 해요. 누구나 똑같이 하는 연애가 아니라 나만의 색깔로 더욱 충만한 관계를 만들어 가는 것이 중요하니까요. 그러려면 무엇보다 상대방과 솔직하게 소통해야 한다는 것 잊지 마세요!

4

모성은
위대하다,
우리 엄마만 빼고?

나의
첫 젠더
수업

사계절의 기원

봄, 여름, 가을, 겨울 사계절은 어떻게 생겨났을까요? 그리스 신화에는 그 연유를 설명하는 이야기가 하나 있어요. 바로 데메테르와 페르세포네에 관한 신화이지요.

'데메테르(Demeter)'는 땅을 뜻하는 De와, 어머니를 뜻하는 Meter의 합성어예요. 글자 그대로 '땅의 어머니', '모성의 여신'을 뜻해요. 데메테르 여신 덕분에 인간은 곡식과 과일을 풍성하게 거둘 수 있었지요. 그런 데메테르에게는 페르세포네라는 딸이 있었습니다. 그 아버지는 신들의 제왕인 제우스고요. 데메테르는 모성의 여신답게 딸에 대한 사랑이 지극했어요.

그런데 어느 날 지하 세계의 왕 하데스가 페르세포네를 납치했습니다. 페르세포네가 아버지 제우스에게 살려 달라고 소리쳤지만 제우스는 외면했어요. 하데스가 자신의 동생이었거든요. 이 기막힌 사실을 알게 된 데메테르는 슬픔과 분노로 신전에 틀어박혀 자신의 직분인 농사를 전혀 돌보지 않았어요. 그러자 씨앗이란 씨앗은 모조리 죽고 풀 한 포기조차 나지 않아 지상에는 극심한 흉년이 들었습니다. 인간들은 굶어 죽고, 신들은 인간이 바치는 제물을 받을 수 없게 되었지요.

제우스는 어쩔 수 없이 하데스에게 페르세포네를 돌려보내라고 했습니다. 그런데 페르세포네를 사랑하던 하데스가 술수를 썼어요. 페르세포네가 떠나기 전에 석류를 선물로 건넨 것입니다. 지하 세계의 음식을 먹은 이는 그곳을 완전히 떠날 수 없는 법이었거든요. 결국 페르세포네는 1년 중 4개월은 저승의 여왕으로 살고, 나머지 기간은 지상에서 살게 되었습니다. 그래서 딸이 지하 세계에 있는 넉 달 동안은 데메테르의 슬픔으로 인해 땅 위에서 꽃과 열매를 볼 수 없게 되었대요. 하지만 페르세포네가 어머니 곁으로 돌아오면 땅은 다시 초록색으로 뒤덮이고 꽃을 피워 낸답니다. 그래서 사계절이 생기게 되었대요. 참 흥미로운 이야기지요? 딸에 대한 데메테르의 사랑도 대단하고요.

그런데 이 신화를 다르게 읽는 학자들이 있어요. 심리 분석가 김상준은 이 신화를 '의존과 독립'이라는 키워드로 새로 읽고는, 어쩌면 어머니 데메테르가 페르세포네를 일부러 섬에 숨겨 둔 것인지도 모른다고 해석했어요. 아름다운 페르세포네를 흠모하는 남자들로부터 딸을 지키기 위해서지요. 남편인 제우스가 바람둥이였기 때문에 데메테르는 남자를 믿을 수 없게 되었다는 거예요. 데메테르는 페르세포네를 보호한다는 구실로, 사실은 자신의 품 안에만 두려 했다는 해석입니다. 그럼으로써 딸을 의존적으로 만들고, 딸이 독립하는 것을 막았다는 거예요.

'어? 페르세포네는 납치를 당한 건데 그것을 어떻게 독립이라고 볼 수 있을까?' 하는 생각이 들지요? 신화는 상징적인 이야기라서 여러 방면으로 얼마든지 해석할 수 있어요. 현실 세계에서 납치는 범죄이자 큰 비극이지만, 신화의 세계에서는 천진난만한 소녀가 어른으로 성숙하기 위해 어머니의 품을 떠나는 과정을 암시하는 상징이 될 수 있지요. 그럼 하데스의 '지하 세계'는 무엇을 상징할까요?

김상준은 하데스가 다스리는 지하 세계는 소녀들이 성장하기 위해 부딪혀야 하는 세상을 의미한다고 보았어요. 그것도 남성들과 경쟁해야 하고, 야단도 맞아야 하고, 궂은일도 해야 하는 남성 중심적이고 거친 세상을 상징하지요. 마치 청년들이 사회에 첫발을 내딛을 때의 느낌이랄까요?

페르세포네가 계속 섬에만 있었다면 어머니의 보호를 받으면서 아늑하고 평온한 삶을 살았을 거예요. 하지만 그저 평범한 한 명의 여신에 불과했겠지요. 그렇지만 지하에서는 달라요. 거친 세계에 들어서면서 고통을 겪긴 하지만, 그 고통을 감내한 뒤에는 지하 세계를 통치하는 여왕이 되지요. 김상준은 페르세포네가 지하 세계의 여왕으로 지내는 삶에 만족했다고 분석하기도 했어요. 페르세포네는 지하 세계에서 많은 영혼에게 안내자 역할을 했거든요.

어때요? 그럴듯한가요? 다 좋은데 하필 납치라니, 스스로 선택하는 것이 아니라 남의 손에 이끌려 새로운 인생을 시작하는 그 대목이 영 마음에 들지 않는 친구들도 있을 거예요. 맞아요. 페르세포네라면 굳이 납치되지 않았더라도, 좀 더 독립적인 여성으로 자신의 재능을 발휘하며 자유롭고 능력 있는 여신으로 살았을지도 몰라요. 용감한 여신이니 자기가 사랑하는 남자를 만나 교제를 허락해 달라고 어머니를 설득할 수도 있었겠지요. 그런 상상도 이 신화에 대한 좋은 해석이 되겠네요.

그런데 김상준의 새로운 해석을 보며 저는 페르세포네보다 데메테르의 마음을 헤아려 보게 되었어요. 그랬더니 이런 생각이 들더군요.

"엄마 노릇 하기 참 어렵다."

만약 어머니 데메테르가 김상준의 이런 해석을 들었다면 얼마나 당황스럽고 슬펐을까요? 딸을 지키려고 한 행동이 딸에게 부담이 되고, 딸의 성장과 독립에 방해가 되었다는 소리를 듣는다면 정말 좌절할 거예요. 사실 이런 갈등은 세상의 모든 엄마가 겪는 문제랍니다. 보호와 독립의 경계에서 요즘도 많은 엄마와 자녀가 갈등을 빚고 있지요. 사랑과 집착, 관심과 간섭, 조언과 잔소리, 존중과 방임의 사이에서 어디가 가장 좋은 균형점일까요? 여러분은 그 지점을 정확히 알고 있나요? 여러분이 헷갈리는 꼭 그만큼, 엄마들도 헷갈려요. 엄마들도 엄마 노릇이 처음이거든요. 자녀가 성장하는 과정에서 실수와 시행착오가 있을 수밖에 없지요.

엄마들을 이해하기 위해, '엄마가 된다는 것'에 대해서 한번 생각해 볼까요? 미리 말하자면 아기를 낳는다고 엄마 노릇이 처음부터 척척 되는 건 아니랍니다.

엄마라는 고된 직업

아기를 낳으면서 여자들은 엄마로서의 삶을 시작하게 됩니다. 누군가 저에게 "엄마가 된다는 건 어떤 걸까요?" 하고 묻는다면, 저는 이렇게 대답할 거예요.

"엄마가 된다는 건 곧 중노동의 시작이에요!"

아기를 낳는 그 순간부터 엄마들은 엄청나게 많고 힘든 일을 해야 합니다. 일단 출산의 고통부터 어마어마하지요. 아직 부모가 아닌 여러분들은 출산의 고통에 대한 이야기를 들어도 별다른 감흥이 없을 거예요. 저도 어릴 때는 그랬거든요. 하지만 딸아이를 낳고 보니 그 고통이 무엇인지 절절하게 깨닫게 되었어요. 정말 말로 설명하기 힘든 고통이지만, 그래도 한번 설명해 볼까요?

출산은 자칫하면 산모나 아기가 목숨을 잃을 수 있을 정도로 위험한 일이에요. 요즘엔 의학 기술이 발달해서 전처럼 심각하지는 않지만 그래도 여전히 어떤 엄마들은 말 그대로 목숨을 걸고 출산을 한답니다. 출산은 고통 그 자체예요. 갓난아기는 태어날 때 평균 몸무게 3kg, 키 50cm 정도 돼요. 이런 아이가 엄마 몸에서 나오려면 산모의 뼈가 벌어지고 생살이 찢어져야 해요. 표현 못 할 만큼 아프답니다. 그나마 자연 분만도 아무나 할 수 있는 것이 아니에요. 자연 분만을 하기 힘든 상황이 생기면 제왕 절개를 해야 하는데, 그런 상황이 생각보다 자주 발생해요. 우리나라의 2016년 제왕 절개 분만율은 36%예요. 열 명 중 세 명은 제왕절개를 하는 것이지요.

운 좋게 자연 분만으로 낳았다 해도 끝이 아니에요. 출산 후에는 훗배앓이라는 통증이 따라옵니다. 1,000배 정도 늘어났던 자궁이 원래 크기로 줄어들면서 찾아오는 통증인데 이것도 상당히 아프답니다. 저는 자연 분만을 했지만 분만 후에 배가 너무 아파서 잠을 통 못 잤어요. 몸은 아파 죽을 것 같은데 병원에서는 아기에게 젖을 물리라고 새벽부터 두세 시간마다 깨우니 정신이 혼미해지더군요. 처음에는 머리가 핑핑 돌고 어지러워서 수유실까지 가지도 못했어요.

출산한 몸이 회복되려면 최소 6개월이 걸릴 정도로 몸의 변화는 엄청납니다. 하지만 엄마가 갓난아기를 두고 마냥 쉬고 있을 수는 없어요. 엄마들은 회복이 채 되지 않은 몸으로 당장 갓난아기를 먹이고 씻기고 재우느라 며칠씩 밤을 새우기 일쑤예요. 혼자서는 우는 것밖에 못 하는 아기를 안고 달래는 것이 정말 보통 일이 아니랍니다.

게다가 모유 수유는 또 얼마나 힘든지 몰라요. 요즘엔 분유보다 모유가 좋다고 해서 모유 수유를 굉장히 강조하는 것을 여러분도 알 거예요. 유명 연예인이 출연한 캠페인도 있어서, 모유 수유는 이제 상식이 되었지요. 하지만 모유 수유는 저절로 되는 것이 아니랍니다. 저도 전에는 아기를 낳기만 하면 엄마 몸에서 모유가 펑펑 솟는 줄 알았어요. 결코 그렇지 않아요. 아기가 필요한 양만큼 나오기까지 시간이 꽤 걸려요. 사람마다 달라서 끝끝내 충분히 안 나오기도 하고, 너무 많이 나와서 고생스럽기도 해요.

또 아기가 태어나자마자 바로 힘차게 젖을 빠는 게 아니랍니다. 심지어 젖 빠는 것 자체를 거부하는 아기도 있어요. 다행히 대부분의 아기들은 젖을 열심히 먹으려고 하지만, 태어난 지 얼마 안 돼서 힘도 약한 데다가 위가 손가락 한 마디 크기밖에 안 돼요. 그 작은 위에 얼마나 들어가겠어요? 그래서 한 번에 조금밖에 못 먹는데 아기 입장에서는 그것도 힘든 일이에요. 젖 먹다가 그대로 잠이 드는 아기들을 보고 귀엽다고 생각한 적이 있지요? 사실 그런 아기에게는 사정이 있답니다. 젖 먹는 게 너무 힘들어서 지쳐 잠드는 경우가 많아요.

게다가 아기는 대체로 먹자마자 바로 응가를 해요. 위와 장이 작으니 모유가 들어온 만큼 응가가 나오는 거예요. 응가를 해서 씻기고 나면 또 금세 배고프다고 울어요. 아기의 하루는 먹고 싸고 자고의 무한 반복이지요. 엄마는 주구장창 젖을 물려야 하고, 그러다 보면 상처가 나기도 하는데 치료할 새도 없지요. 수유가 익숙해지기 전까지 아기도 엄마도, 꽤 오랜 시간 분투해야 해요. 그래서 모유 수유 때문에 아기도 울고 엄마도 운다고들 해요. 저는 "모유 수유가 이렇게 힘들다는 걸 왜 아무도 말 안 해 준 거야!"라며 혼자서 분통을 터트리기도 했어요. 알았으면 미리 '마음의 준비'라도 했을 텐데 말이에요.

모유가 너무 적거나 너무 많아서, 출산 후 충분히 쉬지 못한 엄마가 결국 병이 나 약을 먹어야 해서, 엄마가 일을 해야 해서, 아기가 빨기 쉬운 젖병을 더 좋아해서 등등 모유를 먹이기 힘든 경우가 많아요. 이럴 때는 분유를 먹여야 하는데 이것도 쉽지가 않습니다. 아기는 배가 고프면 정말 숨넘어가게 울어 젖히는데, 그 와중에 물을 데우고 분유를 타서 적당한 온도가 되게 맞추려면 넋이 나갈 지경이에요. 분유를 먹인 후에는 등을 두드려서 트림을 시켜야 되는데 이것도 두어 번 두드린다고 바로 "꺼억" 하고 나오는 것이 아니에요. 짧으면 5분이지만 길게는 30분 동안 두드리기도 해요. 고요한 새벽에 산발한 머리를 하고 아픈 손목과 허리로 아기를 세워 안은 채 30분씩 등을 두드리고 있으면 "나는 누구? 여긴 어디?" 하는 생각이 절로 들지요. 정말이지 갓난아기를 키우는 것은 마치 전쟁 같아요!

하지만 제가 아무리 자세하게 설명해도 글로만 읽어서는 체감하기 힘들 거예요. 엄마들도 직접 키워 보고 나서야 이렇게 힘들 줄은 몰랐다고 입을 모으거든요. 그래서 미국에서는 성교육의 일환으로 학생들에게 일주일 동안 아기 인형을 키우는 과제를 내 주기도 해요. 십 대들이 원치 않는 임신으로 미혼부, 미혼모가 되거나 낙태를 하는 것을 예방하기 위해서라고 해요. 목표는 의미심장한데 과제는 참 흥미진진해요.

아기 인형에 센서가 부착돼 있어서 인형이 마치 신생아처럼 한 시간에도 몇 번씩 운대요. 학생들은 그때마다 아기 인형이 우는 원인을 찾아 해결해야 하고요. 놀아 주기, 밥 주기, 트림시키기, 기저귀 갈아 주기 카드 중 하나를 센서에 꽂아야 울음을 멈춘답니다. 배터리를 빼거나 기록을 조작하는 것은 불가능하고요. 귀찮다고 우는 인형을 그대로 방치하면 낙제한대요. 그뿐만 아니라 육아 일기도 써야 하고 24시간 내내 인형을 들고 다녀야 한답니다. 아기가 잠든 후에는 젖병을 닦아 소독하고 말려야 되고요.

인형을 이용한 성교육은 미국에서 큰 성과를 냈어요. 일주일 동안 아기 인형에 '시달린' 학생들은 육아의 어려움을 절실하게 깨달았다고 해요. 실제로 놀아 주고, 먹이고, 씻긴 것이 아니고 그때그때 카드만 꽂았을 뿐인데도 학생들이 육아의 고충을 조금이나마 알게 된 것이지요.

이렇게 엄마가 된다는 건 일단 체력이 필요한 일이에요. 그런데 육아의 어려움에는 육체적인 힘듦만 있는 것은 아니에요. 심리적으로도 굉장한 부담이지요. 나 아니면 할 사람이 없다는 현실은 책임감을 불러일으키는 한편으로 두려움과 한계에 부딪히게 합니다. 화도 나고요. 육아는 해도 해도 끝이 없는데 주위에서는 엄마의 희생과 헌신을 당연한 것이라고 생각해서 엄마들이 '힘들다'고 말하는 것조차 불경하게 생각합니다. 게다가 직장생활도 하지 못하고, 친구도 만나지 못하는데 육아에 지쳐 여기저기 아프고 초췌해진 자신의 모습을 보면 아이로 인해 자신의 다른 부분들은 없어져 버리고 '엄마'만 남은 것 같은 아쉬움과 슬픔이 느껴져요.

그런 스트레스 중 엄마들을 가장 고민에 빠트리는 것이 하나 있어요. 바로 '모성 본능'이에요.

모성은 본능일까?

아기를 낳기 전후로 여성들은 모성 본능에 대해 많은 생각을 하게 됩니다. '내가 좋은 엄마가 될 수 있을까?', '내게 모성애가 충분하지 않으면 어쩌지?' 하는 걱정에 사로잡히기 때문이에요. 모성이 얼마나 위대한가에 대한 이야기를 귀에 못이 박히도록 들었는데, 막상 엄마가 되려고 보니 모성 신화가 부담스러워지는 것이지요.

대체 모성 본능이란 어떤 걸까요? 모성이란 곧 자식에 대한 어머니의 마음일 텐데 우리 사회에서는 흔히 이 단어에 본능이라는 단어를 하나 더 붙여서 읽곤 해요. 그런데 부성 본능이라는 말은 잘 못 들어 본 것 같아요. 아버지도 자식을 사랑하는 것은 매한가지일 텐데, 왜 부성이라는 단어에는 본능을 잘 붙이지 않을까요? 아마 아버지보다는 어머니의 마음이 더 본능에 가까울 거라는 생각 때문이겠지요?

다른 나라에도 이와 비슷한 표현이 있어요. 프랑스의 라루스 사전 1971년판에서는 모성 본능을 "모든 정상적인 여성에게 자식을 갖고 싶게 만드는 원초적인 성향으로, 이 욕구가 일단 충족되면 여성으로 하여금 자식의 육체적, 정신적 보호에 신경 쓰도록 만든다."라고 설명했습니다. 조금 장황하긴 하지만, 모성을 본능으로 보는 우리의 생각과 크게 다르지는 않아요. 서양에서도 우리처럼 모성을 '자연의 질서를 따르는 자연스러운 것'이라 생각하고 있군요.

모성이 본능이라는 믿음은 여성이라면 누구든 당연히 엄마가 되어야 한다는 생각, 또 여성에게 가장 가치 있고 사회적 존경을 받을 수 있는 역할은 '엄마'라는 생각으로 연결됩니다. 실제로 우리가 역사 속에서 기억하는 여성 인물 중에는 어머니로서의 역할을 잘해 낸 경우가 많아요. 우리 역사에서 가장 존경받는 여성이라면 누가 있을까요? 모두의 머릿속에 떠오르는 한 사람이 있지요? 5만 원권 지폐 속의 인물 말이에요.

신사임당은 예술적 재능도 뛰어났지만, 우리가 신사임당을 훌륭한 예술가로만 기억하는 것은 아니지요. 그보다는 남편을 잘 내조하고 자식들을 잘 키워 낸, 이른바 현모양처의 이상형으로 존경하고 있어요. 신사임당은 훗날 조선의 대학자가 되는 율곡 이이의 어머니이지요.

모성이 인류의 기본적인 덕목이라고 생각하게 되면, 또 어머니라는 역할을 너무 숭고하게 생각하게 되면 이를 거부하거나 부정해서는 안 된다는 금기 또한 만들어져요. "여자는 약하나 어머니는 강하다."와 같은 금언이 그런 생각을 더욱 강화하지요.

이런 금언을 마음에 새기기 전에, 한번 생각해 볼 것이 있어요. 모성은 정말 여성의 본능일까요? 모든 여성은 모성 본능을 타고나는 걸까요?

임신 열 달 동안 일어나는 일

모성이 본능이라는 믿음은 어디에서 출발할까요? 아마도 여성은 남성과 달리 아기를 낳을 수 있다는 데에서 시작할 거예요. 여성은 월경, 임신, 출산, 수유 같은 재생산 능력이 있으니 모성 본능도 본능적으로 지니고 있다는 생각이지요. 정말 그럴까요? 여자는 아이를 임신하는 그 순간부터 모성 본능이 자동으로 마구 샘솟을까요? 아니면 혹시 임신이나 출산을 하기 전에도 이미 갖고 있을까요? 우리는 '모성 본능을 자극하는 남자'라는 표현을 쓰곤 해요. 그럴 때 보면 마치 임신이나 출산과 관계없이 여자라면 누구나 모성 본능을 갖고 있는 것만 같아요.

모성을 본능이라고 생각하는 주요 이유인 임신에 대해 이야기해 볼게요. 임신 과정은 출산과 양육에 비해서 잘 알려져 있지 않지만, 이 역시 상당히 복잡하답니다. 어른이 되면 아기를 갖고 싶을 때 바로 임신이 될까요? 그렇게 자연 임신이 되면 좋겠지만, 부부가 피임을 하지 않는데도 불구하고 1년이 지나도록 임신이 되지 않는 경우가 있어요. 이를 '난임'이라고 합니다. 예전에는 임신이 안 된다는 뜻으로 '불임'이라고 했지만 오늘날에는 의학의 도움을 받아 다양한 임신 방법을 시도할 수 있어서 임신이 어렵다는 뜻인 난임으로 바꿔 부르고 있어요.

우리나라 가임기 부부 일곱 쌍 중 한 쌍, 즉 15%가량이 난임이라고 해요. 보건복지부에서 낸 통계를 보면 난임 때문에 진료를 받았던 사람은 2006년 17만 8,000명에서 2014년 21만 5,000명으로 8년 만에 21%나 증가했어요. 작지 않은 숫자지요? 여성이 임신과 출산을 하다 보니 난임의 원인이 여성에게 있다고 생각하는 경우가 많은데 난임의 절반 정도는 남성에게 원인이 있습니다.

　인공 수정, 시험관 시술 등을 통해 어렵게 임신을 했다 하더라도 유산이라는 높은 산이 놓여 있습니다. 임신 20주 이내에 자궁 안에서 태아가 사망하는 것을 자연 유산이라고 하는데 이 비율이 무려 4%예요. 또 임신 초기에는 입덧 때문에 굉장히 힘듭니다. 여러분도 드라마나 영화에서 임신한 여성이 음식 냄새를 맡고는 "우웩!" 하면서 화장실로 달려가는 장면을 여러 번 봤을 거예요. 정도의 차이는 있지만 많은 임신부가 입덧을 해요. 한 기자는 임신부 시절 겪었던 입덧의 고통을 이렇게 표현하기도 했어요.

　"정말 괴롭다. 안 먹으면 토할 것 같고, 먹으면 진짜 토한다. 하루 종일 롤러코스터를 타는 것 같다."

　정말 먹기만 하면 토를 해서 어떤 임신부는 임신 전보다 살이 빠지는 것은 물론, 위액까지 토해서 식도가 상하기도 합니다. 입덧을 하면 냄새에 굉장히 민감해지는데, 어떤 임신부는 샴푸 냄새, 로션 냄새, 심지어 물 냄새에도 토한다고 하니 얼마나 괴롭겠어요?

　입덧 말고도 임신 초기부터 말기까지 다양한 신체 증상이 나타납니다. 어떤 증상인지 한번 나열해 볼까요? 두통, 현기증, 빈혈, 코피,

소화 불량, 속 쓰림, 불면증, 이명, 부종, 손발 저림, 다리 경련, 정맥류, 피부 트러블, 가려움증, 눈꺼풀 떨림, 튼 살, 비듬, 허리 통증, 어깨 결림, 치골통, 빈뇨, 요실금, 변비, 설사, 치질, 호흡 곤란, 임신 중독증, 임신성 당뇨, 임신성 고혈압, 임신성 저혈압, 신장염, 조기 진통, 자궁 경부 무력증…… 정말 많지요?

물론 한 명의 임신부가 이 모든 증상을 다 겪지는 않아요. 하지만 열 달 동안 여러 가지를 겪는답니다. 또 유산기가 있어서 하루 종일 누워 지내야 하는 임신부도 있고, 조산을 막기 위해서 조산 방지 주사를 맞으며 짧게는 몇 주, 길게는 몇 달 동안 입원하는 임신부도 적지 않아요. 흔히 임신하면 배가 남산만 해지는 막달에만 힘들 거라고 생각하는데 결코 그렇지 않아요. 열 달 내내 힘들지요.

이렇게 낮은 임신 확률, 높은 유산율, 그리고 임신 과정에서 임신부가 겪는 갖가지 증상들을 보면 아기를 임신하는 것이 그저 자연스럽고 당연하기만 한 과정이라고 말하기가 망설여져요.

또 과학적으로 보아도 엄마와 태아의 관계에서 엄마 몸이 아이를 무조건적으로 받아들이고, 자신의 모든 것을 내어 놓으면서 희생만 하는 것은 아니에요. 『하리하라의 생물학 카페』라는 책에서 과학자 이은희는 여성이 임신을 하면, 산모와 태아가 서로 생존 경쟁을 벌인다고 말해요.

"모체는 절반이 타인의 유전자로 이루어진 태아를 자신이 받아들여 키울 것인지를 결정하고, 그 이후에 임신을 유지하면서도 태아의 엄청난 식욕과 성장욕에 대항하여 자신을 보호하려는 방어 기제에 관심을 가진다."

대부분의 엄마들은 아기가 무사하게 태어날 수 있도록 최선을 다하겠지만, 과학적으로 모체, 즉 엄마의 몸은 꼭 그런 방향으로만 움직이는 건 아닌가 봐요. 엄마의 몸은 태아에게 생존할 공간과 성장할 영양분을 제공하면서도, 한편으로는 끊임없이 태아의 생존을 위협하는 양면적인 모습을 보인대요. 약 70%의 수정란이 자궁에 착상하지 못하는 것도, 모체의 면역 시스템이 태아를 이물질로 규정해 공격하기 때문이라고 하지요. 아이는 절반은 엄마의 유전자로 이루어져 있지만 또 다른 절반은 아빠의 유전자로 이루어져 있을 뿐 아니라 아이 그 자체로 독립된 생명체니까요.

그러니 모성 본능이라는 단어로 간단히 설명하기엔, 임신이라는 현상에는 아주 복잡한 측면이 있습니다.

남자도 입덧을 한다고?

어떤 사람들은 모성이 본능이라는 근거로 호르몬을 들기도 해요. 옥시토신이라는 호르몬에 대해 들어 보았나요? 옥시토신은 출산과 모유 수유를 돕기 때문에 '모성애를 관장하는 호르몬'이라고 알려져 있습니다. 이 호르몬은 만삭의 산모가 아기를 낳기 직전에 산모의 자궁에서 분비돼요. 자궁의 수축 정도를 조절해서 아기가 안전하게 세상 밖으로 나오도록 돕지요. 출산 후에는 모유가 잘 나오도록 촉진하고요.

옥시토신의 영향을 알아보기 위해 쥐를 대상으로 실시된 실험이 있어요. 쥐의 뇌에 옥시토신을 주입하자, 출산 경험이 없어서 새끼 쥐들에게 관심을 보이지 않던 쥐가 새끼 쥐들을 돌보았지요. 이 실험을 보아도 옥시토신은 모성과 깊은 관련이 있어 보여요. 게다가 여성의 자궁과 가슴에는 옥시토신 수용체가 있다고 해요. 옥시토신은 확실히 여성에게 더욱 특별한 호르몬인 것 같아요.

그럼 옥시토신은 일종의 '여성 호르몬'일까요? 그렇게 단정할 수는 없어요. 옥시토신은 남성의 뇌에서도 여성과 비슷한 양이 분비되거든요. 옥시토신은 남성과 여성의 몸 모두에서 혈중 염분의 농도를 조절하고, 중추 신경계에서는 사랑, 학습 및 기억과 같은 정신적인 행위에도 관여해요. 모성애를 관장하는 것은 옥시토신의 유일한 기능이 아니라 여러 기능 중 하나인 셈입니다. 그러니 옥시토신만으로 모성애를 다 설명할 수는 없어요. 게다가 모든 엄마에게 옥시토신이 분비되기는 하지만 사람마다 모성의 정도나 표현 방식이 다르잖아요.

옥시토신이 나온다고 해서 한순간에 슈퍼우먼처럼 엄마 역할을 척척 해낼 수는 없어요. 엄마 역할을 온전히 해내려면 호르몬의 도움뿐만 아니라 경험하고 학습하는 것이 필요하지요. 갓 낳은 아기를 품에 안는다고 해서 아기를 어떻게 먹이고, 재우고, 기저귀를 갈아야 하는지까지 한 번에 꿰뚫어지는 건 아니거든요. 누구든 하나 하나 배워서 할 수밖에 없지요.

그래도 엄마만 할 수 있는 임신, 출산, 수유가 엄마와 자식을 특별한 관계로 만드는 것 아니냐고요? 맞아요. 힘들고 아프고 위험하지만, 아이를 낳는다는 것은 여자와 남자의 큰 차이예요. 그런데 한 가지 흥미로운 연구 결과가 있어요. 남자도 아내가 임신을 하면 몸에 변화가 생긴다는 거예요! 남자도 입덧을 한다는 이야기를 들어 본 적 있나요? 아내가 임신을 하면 아내를 따라 임신부처럼 체중 증가, 입덧, 음식 섭취 증가, 불면증 등의 증상을 보이는 남편들이 있어요. 이를 '쿠바드 증후군'이라고 해요. 임신도 하지 않은 남편이 입덧이라니! 정말 신기하지요.

더 신기한 것도 있어요. 꼭 쿠바드 증후군에 걸리지 않은 남자라도, 임신한 아내를 따라 몸에 변화가 생기는 경우가 많아요. 최근 연구에 따르면 보통 남자들도 예비 아빠가 되면 체중이 증가하고 코르티솔과 프로락틴이라는 호르몬 수치가 높아진대요. 이 호르몬들은 엄마와 아빠에게 아기의 울음에 더 잘 반응하고, 자신의 아기 냄새를 구별할 수 있게 한답니다.

왜 이런 현상이 일어나는 걸까요? 이에 대해 정신과 의사 정성훈은 2011년에 재미있는 해석을 내놓았어요. 남성들이 여성의 재생산 능력을 부러워하기 때문이라는 겁니다. 정성훈은 남성이 생명을 탄생시키는 여성의 마력에 매혹되어 왔으며 동시에 지독히 질투해 왔다고 보았어요. 여성이 피를 흘리며 낳은 아이는 평생 동안 어머니와 이어져 있지만 아버지는 그런 생명의 신비에 동참하지 못하니까요. 정성훈은 아버지와 아이의 관계는 사회적 제도로만 보장받을 뿐, 언제 부인될지 모르는 위태로운 관계라고 보았습니다. 요즘에는 유전자 검사를 통해 누가 아버지인지 명확히 알 수 있긴 하지만 그래도 직접 아기를 낳은 어머니만큼 확실할 수는 없지요. 조금 과감한 해석이기는 하지만, 이런 생각도 어딘가 일리 있어 보이지요?

어쩌면 남학생들을 좌절하게 만드는 분석일지도 모르겠네요. 힘이 되는 연구 결과도 하나 있으니 너무 슬퍼하지는 마세요. 이스라엘의 심리학 교수 루스 펠드먼은 대리모의 도움을 받아 자녀를 출산한 남자 동성애자 부부의 뇌와, 아이를 출산한 이성애자 부부의 뇌를 비교해 보았어요. 동성애자 부부와 이성애자 엄마는 모두 동일한 양상으로 뇌의 양육 네트워크가 활성화되었답니다.

반면에 아기가 있어도 육아에 별로 참여하지 않은 이성애자 아빠의 뇌는 달랐대요. 그러니까 육아에 적극적으로 참여하는 남자는 엄마와 동일한 방식으로 뇌가 활성화된다는 것이지요. 꼭 여자처럼 임신과 출산을 하지 않아도 육아 경험이 있다면, 아빠의 뇌도 엄마의 뇌와 비슷해질 수 있어요.

이러한 연구들이 가리키는 것은 하나예요. 모성애나 부성애는 아기를 낳기만 하면 호르몬이 펑펑 나와서 자동으로 생기는 것이 아니라, 아기를 키우는 과정에서 만들어진다는 것입니다. 그렇다면 아빠가 엄마를 질투할 필요도 없을뿐더러 엄마만 육아를 할 필요도 없겠지요? 모성이 본능이라는 믿음도 다시 생각해 봐야 해요.

모성은 인간적인 감정

그래도 여전히 '모성은 본능'이라는 생각을 버리기 어려운 사람이 많을 거예요. 그런데 모성 본능에 대한 믿음은 의외로 많은 문제를 일으켜요. 제일 큰 문제는, 엄마와 아빠 그리고 자녀들까지 힘들게 한다는 것입니다.

우선 엄마는 엄청난 희생을 감당해야 한다는 압박감에 스트레스를 받을 수 있어요. 대부분의 엄마는 자식을 위해 기꺼이 희생하지만, 그러면서도 내 희생이 부족한 것은 아닌지 걱정이 든다면 얼마나 괴롭겠어요? 더 많이 희생하기 위해 노력하다 보면 엄마 자신의 인생을 계속 뒤로 미루게 되고, 그것이 지속되다 보면 내 인생은 어디론가 사라지고 없는 것 같은 상실감이 찾아오지요.

아빠에게도 고충이 생겨요. 육아는 모성 본능을 가진 엄마의 몫이라는 생각은, 아빠가 자녀 양육에 참여할 기회를 은근슬쩍 제한하지요. 요즘엔 더 좋은 아빠, 친구 같은 아빠가 되고 싶은 남자들도 많은데, "남자는 한계가 있어."라는 말을 자꾸 듣게 된다면 서운하고 심지어 포기하고 싶은 마음이 들 수도 있겠지요?

아이들은 어떤가요? 엄마들의 과도한 관심과 희생이 본능이라면 부담스럽더라도 결국 견딜 수밖에 없지요. 그러다 보면 의존적인 사람이 될 수 있어요. 한편으로는 우리 엄마에 대한 불만이 커질 수도 있지요. 이상화된 엄마의 모습을 기준으로 '왜 우리 엄마는 나에게 소홀한 거야?' 하는 불만이 자꾸 생겨날지도 몰라요. 게다가 아빠와 함께하는 시간을 많이 갖지 못해 아빠와는 서먹해질 수 있고요.

이런 문제를 없애려면 모성은 본능이라는 생각에서 벗어날 필요가 있습니다. 벗어나는 데에 도움이 되는 중요한 사실을 하나 알려 줄게요. 사람들이 모성이 본능이라고 생각한 역사는 그리 길지 않다는 사실이에요.

동서고금을 막론하고, 역사상 모든 사람이 모성을 본능이라고 굳건히 믿어 온 것은 아니에요. 프랑스 철학자 엘리자베스 바댕테르는 1980년에 『만들어진 모성』이라는 책을 썼는데 제목만 봐도 알 수 있듯이 이 책은 모성이라는 개념이 역사적으로 만들어졌다는 사실을 설명하는 책이에요. 바댕테르는 그것을 증명하기 위해 17세기부터 20세기에 프랑스에서 모성애에 대한 생각이 어떻게 변해 왔는지를 연구해 보았어요.

바댕테르에 따르면 17~18세기에 많은 프랑스 여성이 집안 형편과 상관없이 출산 후 며칠, 심지어 몇 시간 뒤에 갓난아기를 유모에게 넘겼습니다. 부유한 여성은 건강, 아름다움, 사교 활동을 위해, 가난한 여성은 일을 해서 돈을 벌기 위해 직접 아이를 키우지 않았지요. 그래서 아기들은 유모의 집이 있는 시골로 내려가기도 했대요. 시골은 도시보다 공기가 맑고 깨끗하니 아기가 성장하는 데에 더 좋겠다고요? 그건 요즘 이야기일 뿐이에요. 지금이야 시골로 가는 게 어려운 일이 아니지만 그때만 해도 교통이 좋지 않아서, 가는 길에 병에 걸리거나 다치는 아기들이 많았어요. 아기로서는 태어나자마자 엄청난 위험에 노출되는 셈이지요.

이러한 연구들이 가리키는 것은
하나예요.
모성애나 부성애는 아기를 낳기만 하면
호르몬이 펑펑 나와서
자동으로 생기는 것이 아니라,

아기를 키우는 과정에서
만들어진다는 것입니다.

어렵사리 시골로 간 아기들은 유모의 집에서 얼마나 지냈을까요? 당시 평균 4년 정도 머물렀다고 합니다. 네 살이 될 때까지, 엄마 아빠가 아니라 유모의 품에서 자라는 것이지요.

프랑스의 특이한 경우이기는 하지만, 적어도 모성이 본능이라는 생각을 의심하게 만드는 역사지요? 만약 프랑스 사람들이 모성이 본능이라고 생각했다면, 아기가 태어나자마자 엄마와 떨어뜨려 놓지 않았을 거예요. 실제로 18세기 이전까지만 해도 많은 학자가 '생존 본능이 모성 본능보다 강하다'거나 '모성애는 유연해서 때로는 사라질 수도 있다'고 생각했다고 하는군요.

바댕테르에 따르면, 프랑스에서 모성이 본능이라는 생각이 싹튼 것은 18세기 말 이후입니다. 산업이 발달하고 '경제 활동을 할 수 있는 생산 인력'이 중요하다는 생각이 생겨나면서 프랑스 사람들도 아이들에게 관심을 갖기 시작했어요. 아이를 잘 키우는 일이 무엇보다 중요해지자, 어머니의 모성을 강조하면서 모성애를 찬양하게 되었지요. 바댕테르는 오랜 연구 끝에 모성애는 본능이라기보다 "인간적 감정"이라고 결론 내렸어요. 인간의 다른 모든 감정과 마찬가지로 불확실하고 불안정하고 불완전하다는 뜻이지요.

나라마다 다른 어머니 역할

모성이 본능이라기보다 사회, 문화적으로 만들어진다는 것은 나라마다 어머니의 역할을 다르게 생각한다는 사실로도 알 수 있어요. 「마더 쇼크」라는 다큐멘터리를 만든 EBS 제작 팀은 모성에 대해 취재하면서 한국 모성의 특징을 한 가지 발견했다고 해요. 바로 한국의 모성애에는 아이의 '생존'뿐 아니라 '성공'까지 포함되어 있다는 것입니다. 2011년 4월에 '동서양 모성 비교 실험'을 통해 그 것을 확인하기도 했지요.

첫 번째 실험은 한국인 엄마 11명과 미국인 엄마 11명을 상대로 진행되었어요. 엄마들은 주어진 단어가 자신 또는 아이의 성향과 일치하면 '예' 버튼을, 일치하지 않으면 '아니요' 버튼을 눌렀어요. 그러면 제작 팀은 엄마들이 판단을 내릴 때 뇌의 어느 부분이 활성화되는지를 알아보았지요. 그랬더니 22명 모두 자신을 판단할 때나 아이를 판단할 때나 뇌의 내측 전전두엽이 활성화되었대요. 이 부위는 자신에 대해 생각할 때 주로 활성화되는 부분입니다. 제작 팀은 이 실험을 통해 국적과 관계없이 어머니들은 자신과 아이를 동일시한다는 결론을 얻었어요.

더 재미있는 것은 두 번째 실험이에요. 이번에는 초등학교 3, 4학년 자녀를 둔 한국인 엄마 10명과 미국인 엄마 10명을 상대로 진행되었어요. 아이에게 어려운 과제가 주어졌을 때 엄마가 어떠한 태도를 취하는지 살펴보는 실험이었지요. 제작 팀은 아이들에게 뒤섞여 있는 글자 퍼즐 중에서 몇 가지를 선택해서 어려운 단어를 완성하는 과제를 주었어요. 엄마들에게는 아이의 어휘력을 알아보는 실험이라고 말해 두었지요. 엄마는 아이에게 힌트나 도움을 주어선 안 된다는 규칙도 알려 주었답니다.

실험이 시작되자 한국인 엄마는 아이가 퍼즐을 잘 맞추지 못하면 매우 안타까워했어요. 그러면서 제작 팀의 당부에도 불구하고 아이에게 힌트를 주면서 간섭을 했습니다. 심지어 어떤 엄마는 제작 팀이 자리를 비우자 아이 대신 문제를 풀어 주기도 하고, 정답을 말해 주기도 했어요. 테스트가 끝난 후 한국인 엄마들은 이런 소감들을 이야기했어요.

"제가 아이를 많이 도와주지 못한 것이 안타까웠어요."

"아이가 풀기 전에 제가 빨리 해 주고 싶다는 생각뿐이었어요. 아이가 너무 안쓰러웠어요."

"제가 알려 줘서라도 아이가 테스트에 통과했으면 하는 마음이 들더라고요."

반면에 미국인 엄마들은 대부분 아이가 문제를 푸는 내내 말없이 지켜만 봤어요. 아이가 힌트를 달라고 해도 주지 않았고, 아이가 과제를 해내지 못해도 "괜찮아."라고 말하며 격려할 뿐 직접 도와주지 않았습니다. 테스트가 끝난 후 미국인 엄마들은 이렇게 이야기했어요.

"아이가 철자를 잘못 맞췄을 때 알려 주지 않으려고 이를 악물었어요."

"늘 아이가 스스로 하도록 격려하는 편이에요. 매번 방법을 알려 주게 되면 스스로 하는 법을 배우지 못하니까요."

한국인 엄마나 미국인 엄마나 아이가 테스트를 하면서 어려움에 부딪혔을 때 안타까운 심정이 드는 것은 마찬가지네요. 그럴 때 우리나라 엄마들은 적극적으로 개입해서 문제를 해결해 주려고 하는 경향이 있군요. 반면에 미국 엄마들은 도와주지 않고 아이가 스스로 해결하도록 지켜보고요.

왜 이런 차이가 생겼을까요? 왜 미국인 엄마들과 달리 한국인 엄마들은 규칙을 어겨서라도 어떻게든 테스트를 통과하도록 만들고 싶어 할까요? 단지 실험에 참가한 엄마들이 다들 원래 조급한 성격이어서 그랬을까요? 그럴 리는 없겠지요. 그보다는 우리 사회에서 아이의 성공이 어머니의 중요한 과제이기 때문일 겁니다.

교육 사회학자 손준종은 우리 사회에서 모성은 단지 수유에 그치는 것이 아니라 자식의 생존과 관련된 거의 모든 부분, 특히 교육에 대한 책임으로 확대되었다고 설명해요. 우리나라에서 좋은 어머니가 되려면 자녀 교육을 위해 시간을 충분히 투자하고, 경제적으로도 뒷받침하며, 교육에 필요한 지식과 정보를 갖추고, 정서적인 지원도 해야 합니다. 엄마라면 응당 그래야 한다고들 생각하지요. 교육이 곧 성공의 수단이었기 때문이에요.

그런 사례는 흔히 볼 수 있어요. 예를 들어 우리나라에서는 사회적으로 성공한 사람 뒤에는 반드시 훌륭한 어머니가 있다고 생각해요. 그래서 그 사람의 성공담에서는 예외 없이 그를 키운 어머니가 부각되고, 그 어머니는 자식을 잘 키운 훌륭한 어머니로 추앙받으며 아낌없는 갈채와 찬사를 받지요.

물론 자식을 키우는 어머니의 노고는 치하받아 마땅해요. 하지만 그것이 지나치면 여성이 최고의 성취감을 얻을 때는 역시 '훌륭한 어머니'가 될 때라는 메시지가 될 수 있어요. 또 자칫 자식이 반드시 사회적으로 성공해야만 어머니의 희생이 의미 있다는 뜻으로 받아들여질 수도 있지요. 그렇게 되면 그 모습을 바라보는 다른 어머니나 자식의 마음이 편치만은 않을 거예요. 어머니는 자식을 충분히 뒷바라지하지 못했다는 생각에, 자식들은 성공해서 효도를 다하지 못했다는 생각에 괴로워지지요.

완벽한 엄마는 없어

여러분의 엄마는 어떤가요? 학교 공부를 비롯해 여러분의 생활을 일일이 챙겨 주시나요? 아니면 일을 하시느라 미처 신경을 많이 못 써 주시나요? 아니면 자신의 일은 스스로 하라고 맡겨 두시나요? 엄마가 어떤 분이시든 여러분은 엄마에게 감사하는 한편으로 동시에 불만도 많을 거예요. 때로는 다른 엄마들과 비교하면서 '우리 엄마는 왜 이럴까?' 하고 불평하기도 하고요.

그런데 엄마들도 같은 마음이랍니다. 많은 엄마가 자신이 '완벽한 엄마'가 아니라고 느끼며 죄책감을 갖곤 해요. 누구나 자식에게 '좋은 엄마'가 되고 싶어 하는데, 우리 사회에서 좋은 엄마란 곧 완벽한 엄마인 것처럼 생각되기 때문이지요. 앞서 보았듯 우리 사회에는 아이의 성장에 대한 모든 책임을 엄마에게 돌리는 경향이 있어요. 아이의 장점과 단점이 모두 어머니 노릇의 결과라고 생각하기도 하지요. 아이가 태어나 자라는 전 과정에서 발생하는 문제들을 해결해 주어야 할 책임도 엄마에게 있다고 생각하고요. 티끌 하나 없이 완벽하게 엄마 노릇을 해내야 된다는 압력을 받고 있으니 엄마들은 마음이 참 복잡하답니다.

엄마는 기계가 아닌 사람이라서 결코 완벽해질 수 없어요. 완벽해지는 것이 옳지도 않고요. 또 아이의 요구에 엄마가 늘 빈틈없이 응해 주면 오히려 아이는 독립된 존재로 성장하지 못할 거예요. 내가 혹시 엄마에게 너무 많은 기대를 갖고 있는 건 아닌지, 그래서 엄마에 대한 불만도 많아지는 것은 아닌지 한번 생각해 보세요. 그러면 엄마를 좀 더 이해하게 되어서 엄마와의 관계가 조금 부드러워질지도 몰라요.

그럼 어떤 엄마가 좋은 엄마일까요? 이진희와 배은경이라는 두 학자가 좋은 정의를 하나 내려 주었어요.

"좋은 어머니는 완벽한 어머니가 아니라 아이에 대한 이해와 공감을 바탕으로 일관성 있게 어머니 노릇을 하는 어머니다."

완벽한 어머니보다는 '보통의 헌신적인 어머니'가 충분히 좋은 어머니라는 뜻을 담고 있지요. 보통의 헌신적인 어머니는 어떤 모습일까요? 하루 24시간 늘 자녀만을 위해 대기하고 헌신하는 게 아니라 어머니 노릇 이외의 다른 일들도 함께하는 엄마들이지요. 운동도 하고, 일도 하고, 때로 친구도 만나고요. 자신만의 꿈이나 목표가 있어서 성취하기 위해 노력도 하고요. 그런 엄마들은 어디에 있을까요? 먼 데서 찾지 마세요. 바로 여러분의 집에 있으니까요.

만약 엄마가 "우리 아이에게 완벽한 엄마가 돼야지!"라고 다짐하며 종일 여러분만 기다리고 여러분만 바라본다면 어떨 것 같아요? 좋고 고맙기보다는 부담스럽고 답답하지 않겠어요? 실제로 제가 만났던 십 대들도 그렇게들 이야기해요. 엄마가 일하느라 바빠서 서운했다는 친구도 있었지만, 집에만 있던 엄마가 취직을 하니 숨통이 트여서 좋았다는 친구도 있었답니다. 다들 엄마가 자식보다는 엄마 자신에게 더 많은 시간과 에너지를 쓰면서 좀 더 행복하고 자유롭게 엄마의 삶을 살았으면 좋겠다고 입을 모았어요.

엄마도 한 명의 사람이에요. 여러분도 한 명의 사람이고요. 모자, 모녀 관계 역시 인간관계의 한 가지예요. 물론 다른 관계보다 조금 더 특별한 관계이긴 해요. 열 달 동안 탯줄로 몸이 연결되어 있었으니까요.

하지만 엄마가 여러분의 일에 함부로 개입하거나 그 일을 대신해 주면 곤란하듯이, 여러분도 엄마가 여러분만을 위해 살아야 한다고 생각하면 곤란해요. 엄마로부터 독립해야 온전한 인간으로 홀로 설 수 있습니다. 그 사실을 인정하면 서로에게 좀 더 너그러워질 수 있고, 서로를 더 잘 이해할 수 있어요.

엄마와 자녀는 서로를 사랑하고 응원하며 각자의 삶을 사는 독립적인 존재랍니다. 엄마와 여러분이 함께 성장하는 특별한 관계가 되기를 바랍니다. 그것이 '좋은 어른'에 대한 여러분의 생각을 폭넓게 해 줄 거예요.

나의
첫
젠더
수업

5

누가, 왜,
무슨
일을 해야 할까?

나의
첫
젠
수

의
더
업

장래 희망은 움직이는 거야

1980년대: 대통령, 과학자, 군인

1990년대: 의사, 변호사, 교사

2010년대: 연기자, 가수, 운동선수

이 리스트는 초등학생들이 장래 희망 1순위로 꼽은 직업이에요. 지난 30~40년 동안 꽤 많이 달라져 왔네요. 가장 최근인 2015년 초등학생들의 장래 희망을 좀 더 자세히 살펴볼까요? 한국보건사회연구원이 2015년에 초등학교 4~6학년 학생 458명에게 장래 희망을 물었더니 무려 40%가 1순위로 '문화·예술·스포츠 전문가 및 관련직'을 선택했습니다. 배우, 가수, 운동선수, 공연 기획자, 화가, 작가가 여기에 속하지요.

그다음으로 인기 있는 직업군은 '교육 전문가 및 관련직'으로, 12%의 학생들이 선택했어요. 교수나 교사 같은 직업이 여기에 들어 있어요. 이들 직업은 비교적 명예롭고 안정적이라고 생각되는 직업인데, 초등학생들도 그런 점을 염두에 둔 것인지도 모르겠네요.

재미있는 건 세 번째예요. 10%의 학생이 '조리 및 음식 서비스직', 즉 요리사를 선택했어요. 텔레비전에서 멋진 요리사들이 많이 활약하고 있어서, 요리사라는 직업에 대한 선망이 높아졌나 봅니다. 전통적으로 인기 많기로 손꼽히는 직업은 의사나 판사, 과학자 같은 직업인데, 2015년에는 이런 직업을 꿈꾸는 학생들은 매우 적었어요. 5~7% 정도의 학생들만 이런 직업을 원했지요.

어른들은 이 결과를 보면 정말 '세상 많이 변했구나!' 하고 느낄 거예요. 수십 년 전만 해도 연예인은 '딴따라'라고 해서 무시당하기 일쑤였거든요. 연예인보다는 의사, 판사, 변호사 같은 직업을 권했지요. 지금도 그런 생각이 아주 사라진 것은 아니지만, 그래도 최고로 인기 있는 직업의 반열에서는 슬그머니 내려온 모양이에요. 이제는 초등학생들도 의사나 판사보다는 자기 재능을 뽐내면서 많은 이들에게 사랑받을 수 있는 연예인이 되고 싶어 하네요. 학교 공부가 제일이고, 성적이 좋으면 무조건 의대나 법대를 진학하던 경향에서 조금씩 벗어나고 있다는 것은 좋은 변화입니다.

초등학생 시절에는 멋져 보이는 직업을 꿈꾸지만 여러분과 같은 중고등학생이 되면, 좀 더 진지하게 나의 진로를 모색하게 됩니다.

자신이 잘할 수 있는 일, 관심과 소질이 있는 일이 무엇인지 탐색하는 것은 청소년들의 중요한 과제기도 해요.

본격적으로 진로 고민을 하게 되면서, 여러분은 이제 이런 이야기를 조금씩 듣게 될 거예요.

"그 직업이 여자에겐 최고지."

"그 일은 남자가 하기엔 좀 그렇지 않아?"

여자에게 어울리는 직업, 남자에게 어울리는 직업에 대한 고정관념들이에요. 전에는 흘려들었지만, 막상 직업 선택을 앞두고 있을 때는 여간 신경 쓰이는 게 아니지요.

사실 이런 고민은 오랫동안 지속되고 있어요. 여러분보다 앞서 많은 이들이 직업에 대한 경계를 넘기 위해 애써 왔지요. 특히 사회 생활 자체가 어려웠던 여자들이 지난 100년간 고군분투했습니다. 얼마나 힘들게 세상을 바꿨는지 살펴볼까요?

최초의 여성, 최초의 남성

"서서 오줌 누는 사람이 어떻게 앉아서 오줌 누는 사람에게 결재 서류를 들고 가서 고개를 숙이라는 거야?"

1948년, 임영신이 우리나라 역사상 최초로 여성으로서 상공부 장관에 임명되었을 때의 일입니다. 불도저 같은 추진력으로 한국의 산업 경제를 이끌었다는 평가를 받는 임영신이건만, 처음 장관이 되었을 때 부하 직원들은 단지 여자라는 이유로 임영신을 마뜩찮게 여겼습니다. 그래서 뒤에서 이렇게 쑥덕거렸지요. 임영신 장관은 어떻게 했을까요?

"내 비록 앉아서 오줌을 누지만 조국의 독립을 위해 오랫동안 일본에 맞서 싸웠고, 또 나라를 세우기 위해 서서 오줌 누는 사람 못지않게 뛰어다녔습니다. 이런 나에게 결재 받으러 오기 싫은 사람은 지금 당장 책상을 정리하고 나가시오. 언제든지 사표 수리할 준비가 되어 있습니다."(유미정, 2015)

이 호통을 듣고 임영신에 대한 쑥덕거림이 쏙 들어갔다고 하지요. 이 일화는 이후 유명해져서 아예 '오줌론'이라고 불렸습니다. 남성 중심 사회에서 리더가 된 여성이 얼마나 큰 반감에 부딪히는지 잘 보여 주지요.

임영신뿐만 아니라 우리나라에는 '금녀(禁女)의 벽'을 넘기 위해 애쓴 여성들이 참 많아요. 대표적인 사람만 꼽아 보아도 기업인 김만덕(1739~1812), 명창 진채선(1847~?), 꼭두쇠 김암덕(바우덕이, 1848~1870), 의사 박에스더(1876~1910), 서양화가 나혜석(1896~1948), 비행사 권기옥(1901~1988) 등이 있지요. 모두 각 분야에서 우리나라 '최초의 여성'이라는 타이틀을 거머쥔 여성이에요. 여성의 사회활동이 거의 불가능하다시피 했던 조선 시대부터 기업인으로, 명창으로 이름을 알린 여성들은 뛰어난 능력이 성별이나 집안을 골라 나타나는 것은 아니라는 사실을 증명해요.

해방 이후에는 더욱 본격적으로 여성들이 사회에 진출했어요. 한국 여성 최초로 은행 지점장이 된 장도송, 헬리콥터 조종사 김복선, 대사 이인호 등 많은 이들이 금녀의 벽을 허물었지요. 이들의 이름은 그 자체로 성별의 제약을 극복해 온 역사입니다.

그럼 '최초의 남성'도 있을까요? 여성들처럼 많지는 않지만, 당연히 있어요. 한국 최초 남성 간호사 장검현, 패션 디자이너 앙드레 김, 제과 조리 기능장 오병호, 모델 도신우 등이 바로 그런 이들이에

한국의 잔 다르크, 임영신

임영신은 우리나라 최초의 여성 교장이자 국회 의원이자 장관이에요. 해방 후에 대한여자국민당을 창당해 당 대표를 지내는가 하면, 상공부 장관으로 국정도 돌보았고, 중앙보육학교(현 중앙대학교)를 설립하기도 했고 한국부인회 회장을 지내기도 했지요. 다양한 분야에서 선구적인 활약을 한 덕분에 임영신은 '한국의 잔 다르크'라고 불렸습니다. 1951년, 53세의 임영신은 자신의 삶을 이렇게 회고했어요.

"나는 자유를 위한 투쟁에 참여하여 왔음을 자랑스럽게 여긴다. 그러나 한국의 잔 다르크는 나만이 아니다. 무수한 여성들이 자유를 위해 생명을 바쳤고 또한 그들은 자유를 위하여 싸우겠다고 결심한 순간부터 여성들에게 사회적으로 주어졌던 모든 불리한 점들과도 싸워야 했다. 일본의 압제와 여성에 대한 한국적 편견에 반대하여 싸운 한국 여성들 모두가 잔 다르크인 것이다."

요. 여자들에게 더 어울리는 직업, 남자가 하기엔 좀 면이 서지 않는 다고 여겨지던 직업에 과감히 진출해서 자신의 기량을 널리 알렸지요. 여성이 사회 진출 자체에 억압을 받았다면, 남성은 성별에 어울리는 일이 따로 있다는 편견에 제약받았습니다. 금녀의 벽뿐 아니라 금남의 벽도 꽤 높았어요.

익숙한 풍경 다시 보기

금녀의 벽, 금남의 벽 같은 표현이 이제 여러분에게는 고리타분하게 느껴지지요? 한동안 신문에 자주 올랐던 표현이지만, 요즘엔 보기 힘들어졌어요. 그만큼 이제 최초의 여성, 최초의 남성이 나와야 하는 분야는 거의 사라졌습니다.

하지만 여자와 남자가 잘할 수 있는 일이 다르다는 믿음은 아직 많이 남아 있어요. 또 실제로도 모든 분야에서 남녀가 고루 일하고 있지는 않아요. 남자이기 때문에 또는 여자이기 때문에 잘하고 좋아하는 일이 다르다는 믿음은 상당히 뿌리 깊어서 잘 변하지 않습니다.

이 고정관념은 교과서에도 이따금 등장해요. 국가인권위원회에서는 2015년에 우리나라 교과서들을 성 평등의 관점에서 분석해 보았어요. 2009년에 개정된 초중고 교과서 90종(사회, 국어, 도덕, 기술·가정, 법과 정치 등)에 나타난 성 역할을 알아보았는데, 예전에 비해 많이 개선되기는 했지만 여전히 고정관념이 많이 남아 있었습니다.

초등학교 국어 교과서에는 가족이 자주 등장하는데, 엄마는 대체로 장보기, 요리하기, 간식 챙겨 주기, 밥 차리기, 설거지하기, 집안 청소하기, 자녀 깨우고 돌보기, 가족 간호하기 등의 일을 하는 모습이 그려져 있었어요. 반면에 아빠는 일하고 퇴근하는 모습, 등산 가는 모습, 다른 사람을 만나는 모습이 많이 등장했지요. 중학교 교과서로 가면 조금 달라질까요?

중학교 교과서에서도 경찰관, 소방관, 군인, 외교관, 의사는 주로 남자로 묘사된 반면, 간호사나 사무원은 여성으로 묘사되고 있었어요. 고등학교 교과서도 마찬가지였어요. 어느 기술·가정 교과서에서는 부부로 보이는 남성과 여성이 함께 있는 상황에서 여성만 아이를 안고 돌봄 서비스 신청에 대해 이야기하는 장면이 나왔어요.

교과서를 보면서 이런 사실을 눈치 챈 친구들이 있나요? 아마 대부분은 별다른 느낌 없이 넘겼을 겁니다. 익숙한 풍경이라 오히려 어색하지 않다고 느낄 수 있지요. 하지만 편견이란 바로 그런 과정을 통해 만들어져요. 고정관념에 익숙해지면서 나도 모르게 여자와 남자는 잘하는 일이 다르다는 생각을 품게 되지요. 자칫 이런 편견들이 내 적성이나 흥미를 발견하는 것을 방해하고 있지는 않은지 잘 생각해 봐야 합니다.

게다가 앞으로는 직업 세계가 크게 변화할 거예요. 가까운 미래에 많은 일자리가 사라져 버리고 새로운 일자리가 등장할 것이라는 데에 이견이 있는 학자는 거의 없어요. 과학 기술이 급격히 발전하면서 로봇이나 기계가 사람의 일을 대신하고 있기 때문이에요. 앞으로는 남자, 여자가 각각 잘하는 일보다 사람과 로봇이 각각 잘하는 일을 구분하는 것이 더 시급할 지경이랍니다.

4차 산업 혁명이 뭐길래

어떤 학자들은 지금 우리가 맞닥뜨린 상황을 4차 산업 혁명이라고 불러요. 1780년대에 증기기관이 발명되면서 1차 산업 혁명이 일어났고, 1870년대에 전기 모터가 발명되면서 2차 산업 혁명이, 1970년대에 정보 기술이 발전하면서 3차 산업 혁명이 일어났다면 2010년대부터는 4차 산업 혁명이 시작되고 있다는 거예요. 이 분석대로라면 1차에서 2차, 2차에서 3차 혁명이 발생하기까지 약 100년씩 걸린 데 반해 4차 혁명은 40년 만에 발생한 셈이에요. 그만큼 과학 기술이 급격히 발달하고 있지요.

대체 4차 산업 혁명이 오면 뭐가 달라질까요? 미래창조과학부는 2017년에 발간한 『미래 전략 보고서』에서 4차 산업 혁명의 특성을 이렇게 설명했어요. 첫째, 과거에는 기계가 인간의 육체노동을 대체했다면, 앞으로는 인간의 지적 능력까지 대체한다. 둘째, 지금까지는 사람 간의 연결성이 강화되어 왔다면, 앞으로는 사람과 사물 간, 사물과 사물 간의 연결성이 강화될 것이다. 셋째, 지금까지 실제 공간에서 변화가 일어났다면, 앞으로는 실제 공간과 가상공간이 결합되는 변화가 빨라질 것이다. 설명을 들으니, 무언가 엄청난 지각 변동이 일어나고 있는 것만 같지요?

앞으로 일어날 변화가 정말 4차 산업 혁명이든 아니든, 중요한 것은 여러분의 미래 직업 세계에도 변화가 생겨난다는 거예요. 이런 추세라면 지금 여러분이 알고 있는 많은 직업을, 생각보다 빠른 속도로 로봇이 대체해 갈 거예요. 한국고용정보원은 2016년에 앞으로 우리나라 주요 직업 400개 중에 인공지능과 로봇으로 대체될 확률이 높은 직업을 발표했어요. 콘크리트공, 도축원, 고무 및 플라스틱 제품 조립원, 청원 경찰, 조세 행정 사무원 등의 순이었습니다. 비교적 단순하고 반복적이고, 정교하지 않으며 사람과 소통할 일이 적기 때문이라고 합니다.

반면에 화가 및 조각가, 사진작가, 작가, 지휘자, 애니메이터 같은 감성에 기초한 예술 관련 직업들은 비교적 살아남을 확률이 높았어요. 창의력이나 감성 등은 로봇이 쉽게 가질 수 없어서 그렇지요. 하지만 이런 직업이라고 해서 마냥 안전한 것은 아니에요. 요즘 인터넷에서는 로봇이 작곡한 음악, 로봇이 그린 그림을 어렵지 않게 찾아볼 수 있어요. 변호사와 의사 같은 고도의 전문성이나 판단력이 필요한 일도 하나둘 로봇이 수행하고 있지요.

이런 시대에 전통적인 방식으로 여자의 일, 남자의 일을 나누는 것은 더 이상 큰 의미가 없을 겁니다. 많은 학자는 지금까지는 회사나 국가를 거칠고 위계적으로 운영해 왔다면 앞으로는 자유롭고 수평적인 방식으로 소통하며 일하게 되리라고 예견하고 있어요. 흔히 남자의 일이라고 간주되었던 일 중에는 거칠고 위계적인 일들이 많은데, 그런 일의 속성 자체가 바뀌어 간다는 뜻이지요.

이런 점에서 미래에는 또 다른 기회를 찾을 수 있을지도 몰라요. 앞으로 창의성이나 감성, 협업이 중요해진다면 우리에게 필요한 능력도 달라질 거예요. 로봇은 성별을 이유로 차별하거나 제약하지 않을 테고, 여러분은 그런 로봇과 함께 일하는 법을 터득해야 할 거예요.

일은 집 안에도 많아

우리는 4차 산업 혁명 시대에 어떻게 로봇과 공존하고 함께 일할 것인지, 인간의 역할은 무엇인지 고민하고 있어요. 그런데 4차 산업 혁명을 이야기하는 바로 지금, 여전히 '구시대적인' 노동 현장이 있어요. 바로 우리들의 '집'이에요. 설마 집은 그저 편하게 쉬는 곳이라고 생각하지는 않겠지요? 여러분의 집에 우렁이 각시가 살고 있는 것도 아닐 테니 그 많은 집안일을 누군가 매일 하고 있을 겁니다.

집안일은 해도 해도 끝이 없고, 안 하면 바로 집 안이 난장판이 되고 말아요. 그런데도 전업주부에 대해서는 여전히 집에서 '노는' 사람이라고 비하하기도 하지요. 돈이 되는 노동만 노동이라는 고정관념이 아주 뿌리 깊기 때문이에요.

많은 여성이 집 안에서 바쁘게 일을 하고 있다는 것을 드러내기 위해, 학자들은 그간 그저 집안일 정도로 불리던 일에 '가사 노동'이라는 이름을 붙였어요. 돈을 받는 '임금 노동'과 나란히 놓기 위해서지요. 이름이 있는 것과 없는 것은 큰 차이였어요. 늘 하던 일인데도 가사 노동이라고 부르기 시작하자, 사람들은 집 안에도 할 일이 아주 많다는 것을 새삼스럽게 깨달았습니다. 경제적으로 보상을 받지 못하는 것은 여전하지만, 최소한 집에서 '노는 것'은 아니라는 점을 인정받게 되었지요.

가사 노동에는 어떤 것이 있는지 한번 나열해 볼까요? 빨래, 청소, 요리, 장보기, 설거지, 쓰레기 버리기, 생필품 구매, 공과금 납부, 부모님 봉양, 이유식 만들기, 숙제 봐 주기 등등 생각나는 것만 떠올려 봐도 많네요. 우리는 가사 노동이라고 뭉뚱그려 말하지만 자세히 보면, 사실 서로 성격이 아주 다른 일들이 모여 있습니다. 요리사의 일과 간호사의 일이 다르듯이, 이유식 만들기와 부모님 봉양이라는 일은 많이 달라요. 그래서 전업주부 중에서도 요리를 유난히 잘하는 사람, 청소와 청결에 더욱 집중하는 사람 등이 나뉘기도 하지요.

이것은 가사 노동의 중요한 특징이에요. 사회학자 윤정로는 가사 노동에는 고된 육체노동뿐 아니라 친교 활동과 집안 대소사 챙기기, 육아처럼 다양한 종류의 관리 및 경영 능력이 필요한 일이 많다고 분석했어요. 그중에는 무거운 책임이 따르는 일도 많지요.

가사 노동의 또 다른 특징은 하루도 쉬는 날이 없다는 거예요. 주말이 되면 오히려 더욱 바빠지기도 하지요.

만약 가사 노동에 월급을 받는다면 얼마를 받아야 할까요? 흔히 엄마가 하는 헌신은 무척 숭고해서 값을 매길 수 없다고 생각하기도 해요. 경제적 보상을 바라는 것은 그 헌신에 흠집을 내는 일처럼 여기지요. 하지만 그런 생각이 가사 노동을 더욱 보이지 않는 것으로 만들고 있을지도 몰라요. 그래서 여러 학자가 가사 노동의 월급을 따져 보았어요.

1999년에 김준영 성균관대 교수는 전업주부가 하는 가사 노동의 가치가 월 113만 원이라고 계산했어요. 당시 우리나라에 있는 전업주부의 수를 고려하면 약 72조 원에 이르는데, 이 금액은 당시 국내 총생산의 약 15%를 차지한다고 하지요. 여성들이 집 안에서 얼마나 많은 일을 하고 있는지 조금 실감이 되지요. 그런데 이 수치는 벌써 20여 년 전의 것이니, 그사이에 더 올랐겠지요? 최근 조사를 살펴볼까요?

2008년에 한국여성정책연구원에서는 아예 '전업주부, 연봉을 찾아라'라는 이름의 전업주부 연봉 계산기를 발표했어요. 간식 만들기, 다림질하기 등 전업주부의 하루 일과를 총 37개 항목으로 정리한 뒤, 노동 시간 대비 월급을 계산해 볼 수 있게 했답니다. 이 계산기로 초등학교 1학년인 딸과 세 살 아들을 키우는 37세 전업주부의 월급을 따져 보니 약 371만 원이었어요. 연봉으로 보면 약 4,452만 원에 달했지요. 또 한 홈쇼핑 업체는 2006년 주부 대상 설문 조사를 실시한 뒤 40대 전업주부 연봉을 3,407만 원이라고 발표했어요. 어느 증권사는 법원 판례를 들어 가사 노동의 가치를 연 2,500만 원이라고 셈하기도 했고요.

우리나라 법원은 현재 전업주부 가사 노동의 가치를 매길 때 일용직 건설 노동자의 일당을 참고한다고 해요. 혹시 전업주부가 교통사고가 나서 피해 보상금을 받을 일이 생긴다면, 건설 노동자의 하루 임금을 기준으로 그 금액을 정하는 것이지요. 2017년 상반기 현재 그 임금이 10만 2,628원이고, 가사 노동에 휴일이 없는 점을 감안하면 전업 주부의 법적 연봉은 3,745만 원이네요. 저마다 각자의 기준을 적용한 탓에 금액이 들쭉날쭉하지만, 어느 기준으로 보나 꽤 많은 금액이지요?

빨래는 세탁기가 다 한다고?

그런데 요즘엔 기계가 발달해서 집안일은 별로 할 게 없다고 생각하는 사람이 많아졌어요.

"예전에는 빨래도 시냇가에 가서 방망이로 두들겨 빨았고, 밥도 장작불을 지펴서 가마솥에 했고, 옷도 누에에서 실을 뽑아 천을 짜서 손바느질로 지었으니 힘들었다지만 요즘엔 대체 뭐가 힘들어? 빨래는 세탁기가 하고, 밥은 전기밥솥이 하고, 청소는 청소기가 다 하잖아."

나이가 지긋한 어른 중에는 이렇게 생각하시는 분들이 많아요. 지금은 다양한 가전제품이 발명되었으니 전과는 비교되지 않을 만큼 편해졌다는 생각이지요. 정말 그럴까요? 빨래를 예로 들어 볼게요. 빨래는 세탁기가 다 한다고들 하지만 실제로 해 보면 사람이 하는 일이 여전히 많아요. 옷이 제 발로 걸어서 세탁기에 들어가던가요? 또 모든 옷을 세탁기에 그냥 던져 넣기만 하면 되는 것이 아님니다. 와이셔츠는 세탁기에 넣기 전에 손으로 애벌빨래를 해야 하고, 속옷과 수건은 이따금 삶아야 해요. 세탁이 끝난 다음엔 물을 먹어서 무거워진 옷들을 빨랫줄로 옮겨서 널었다가 다 마른 다음에 개어야 하지요. 주름진 옷은 빳빳하게 다림질해서 종류별로, 또 주인별로 분류해서 옷장에 넣어야 합니다. 집에서 물빨래를 할 수 없는 옷은 세탁소에 맡겼다가 찾아와야 하고요. 옷마다 세제도 다른 것을 써야 하고, 세탁기도 때가 되면 청소를 해야 해요.

어쨌든 세탁기가 없던 시절보다는 나아진 것 아니냐고요? 연구에 따르면, 가전제품의 발명에도 불구하고 여성들의 가사 노동 시간은 전혀 줄지 않았습니다. 사회학자 윤정로에 따르면 과거에 비해 각자가 가진 옷가지가 점점 늘어나고, 세탁 기술이 크게 발전한 데다, 사회적으로 요구되는 청결과 옷매무새에 대한 기준이 높아졌어요. 그래서 훨씬 자주 빨래를 하고 다림질도 하지 않으면 안 되게 되었답니다. 요리도 손쉬운 조리 기구가 발전하고 슈퍼마켓이 확산되면서 매끼 식탁에 오르는 음식의 가짓수가 늘어나고 조리 기법이 더 복잡해졌고요. 스팀 청소기를 쓰는 가정에서는 청소하는 횟수가 증가했어요. 그뿐만이 아니라 과거에는 없던 쇼핑, 운전, 공과금 처리, 은행 업무 같은 새로운 가사 노동이 계속 출현하고 있지요. '이상적'인 아내와 엄마에게 요구되는 가사 노동의 질적 수준이 전보다 훨씬 높아졌습니다.

윤정로는 이 연구에서 가전제품의 발전은 역설적이게도 '어머니들에게 더 많은 일'을 만들어 주었다고 결론지었습니다. 정말 반전에 가까운 사실이지요? 그러니 가사 노동을 허투루 보아서는 안 돼요. 과거에도 현재에도 가사 노동이 많고 힘든 일이라는 사실에는 변함이 없습니다.

여자도 아내가 필요해

가사 노동은 사람이 살아가는 데 반드시 필요한 노동이에요. 그러니 누구나 스스로 해야 합니다. 자기가 먹을 음식을 만들고, 자기가 입은 옷을 빨고, 자기가 지내는 공간을 청소하는 것은 기본적이고도 당연한 일이지요. 하지만 대부분의 가정에서는 한 명이 도맡아 하고 있어요. 전업주부이든 '워킹 맘'이든 가리지 않고 주로 여성이, 즉 엄마가 그 일을 하지요.

많은 여성이 사회에서 일하고 있지만, 가정이 여성의 공간이고 사회는 남성의 공간이라는 생각은 쉽게 변하지 않아요. 이를 학자들은 어려운 말로 '남성 생계 부양자 모델'이라고 부릅니다. 말 그대로 남성은 돈을 벌어서 나머지 가족들의 생계를 부양하고, 여성은 남성이 돈을 잘 벌어 올 수 있도록 지원하는 모델입니다. 성별에 따라 역할과 공간을 분담한 것이죠. 얼핏 공평해 보이지만, 알고 보면 그렇지 않아요. 남성은 중요하고 가치 있는 바깥일을, 여성은 사소하고 가치 없는 집안일을 해야 한다는 생각이 깔려 있거든요.

흔히 사람들은 역사적으로 아주 오랫동안 남성 생계 부양자 모델로 살아왔다고 생각해요. 하지만 사실 이 모델은 생겨난 지 얼마 되지 않았어요. 가족 중 단 한 명이 나머지 가족 모두를 부양할 수 있을 만큼의 돈을 안정적으로 버는 것은 쉽지 않거든요. 서양에서는 20세기 중반에나 가능해졌고, 우리나라도 1970년대에 겨우 일부 중산층에서 가능해졌어요. 대부분의 가정에서는 여성들이 부업을 해서 생계비를 보탰어요. 게다가 점점 고용이 불안정해지는 반면 필요한 생활비는 늘어나서 한 명의 수입으로는 도저히 가족의 생계를 유지하기 어려워졌어요. 동시에 교육을 받은 여성들이 증가하면서 이 모델은 깨어지고 있지요.

문제는 이런 남성 생계 부양자 모델이 오늘날에도 사람들 머릿속에 너무 뿌리 깊게 남아 있다는 거예요. 오스트레일리아의 정치 평론가 애너벨 크랩은 『아내 가뭄』이라는 책에서 여성들은 맞벌이를 하지만 남성들은 '맞살림'을 하지 않는 현실을 다루었어요. '남자는 직장, 여자는 가정'이라는 생각이 여전한 강한 탓에 남성은 오롯이 직장 일에 몰두할 수 있지만, 여성은 똑같이 밖에서 일을 하면서도 자녀 양육부터 여러 집안일을 다 떠안고 있는 경우가 많았거든요. 크랩은 이 상황을 이런 말로 표현했어요.

"(일하는 여성들은) 마치 직업이 없는 사람처럼 아이를 기르면서, 아이가 없는 사람처럼 일해야 한다는 압박에 시달린다."

크랩은 퀸즐랜드 대학교의 연구원인 테런스 피츠시몬스의 연구를 그 증거로 들었어요. 피츠시몬스가 남성 시이오(CEO)와 여성 시

어쨌든 세탁기가 없던 시절보다는
나아진 것 아니냐고요?
연구에 따르면, 가전제품의 발명에도 불구하고
여성들의 가사 노동 시간은
전혀 줄지 않았습니다.

이오의 경험을 비교해 보니, 남성 시이오 30명 중 28명이 자녀가 있었고 이들의 아내는 모두 전업주부였어요. 반면 여성 시이오 30명 중 남편이 전업주부인 경우는 겨우 2명에 불과했지요. 그리고 여성

남자들은 얼마나 가사 노동을 나누어 맡고 있을까?

고용노동부가 2017년 7월에 발표한 내용에 따르면 우리나라 남성의 가사 분담률은 17%로 경제협력개발기구에서 최하위 수준이었어요. 가사 노동의 80%를 여성들이 하고 있지요. 남성의 1일 가사 노동 시간은 45분으로, 경제협력개발기구 평균인 138분의 1/3밖에 되지 않았어요. 남성의 가사 노동 시간이 가장 긴 덴마크의 경우는 하루 평균 186분이었어요. 특히 우리나라는 통계를 낸 26개국 중에 남성의 가사 노동 시간이 1시간 미만인 유일한 국가였어요. 물론 우리나라 남자들도 할 말이 없는 것은 아니에요. 우리나라는 남성들이 사회에서 너무 긴 시간 일하고 있거든요. 터키, 멕시코에 이어 세 번째로 장시간 노동자 비중이 높았어요.

그 점을 감안하더라도 우리나라 남성들은 가사 노동을 좀 더 할 필요는 있어요. 하루의 총 노동 시간(무급+유급)을 조사해 보니 여성들의 노동 시간(228분+273분=501분)이 남성(45분+422분=467분)보다 34분이나 많았거든요. 경제협력개발기구의 다른 국가들은 여성이 평균 21분 더 많이 일하고 있었는데, 덴마크, 네덜란드, 노르웨이, 뉴질랜드에서는 남성의 총 노동 시간이 여성보다 길었습니다.

시이오 중 1/3은 자녀를 갖지 않기로 결심했거나 일하다 보니 아이를 갖지 못했고, 자녀가 있는 여성 시이오는 모두 자신이 주 양육자였어요. 즉 여성들에게는 고위직이 되는 것을 도와줄 '아내'가 없었어요. 왜 더 많은 여성이 고위직에 오르지 못하는지 충분히 짐작이 되지요?

크랩은 이 사실에 이어서 또 하나 흥미로운 연구 결과를 보여 주었어요. 가사 노동은 여성이 담당해야 한다고 생각하는 사람일수록 성차별적인 생각을 지니고 있다는 거예요. 2012년에 미국 학자들이 232명의 남성 관리자들을 대상으로 이런 연구를 했어요.

실험 참가자 절반에게는 다이앤 블레이크라는 여자 이름의 이력서를, 나머지 절반에게는 데이비드 블레이크라는 남자 이름의 이력서를 보여 주었답니다. 이름만 다를 뿐 이력서의 내용은 똑같았어요. 하지만 남자 관리자 중 '전통적'인 결혼 생활을 하고 있는 이들은 다이앤 블레이크에 대해 "능력이 현저히 떨어진다."라고 평가했답니다.

이 연구를 두고 크랩은 '이 남자들, 참 고약해!'라고 생각하지는 않았어요. 이들이 모두 악의로 가득 차서 여자들을 일부러 차별한 것은 아닐 테니까요. 다만 자신이 살아온 방식이나 더 바람직하다고 생각하는 모습이 있다 보니 자신도 모르게 편견을 갖게 되었고 그 때문에 판단을 그르친 것이지요. 가사 노동이 여성만의 일이라는 생각은 여러모로 방해가 되는군요.

행복을 위한 세 가지 일

여러분의 집은 어떤가요? 엄마와 아빠가 공평하게 가사 노동을 하시나요? 그것을 생각해 보기 전에 또 한 사람의 역할부터 따져 보기로 해요. 바로 여러분이에요! 우리나라에서는 자녀들이 가사 노동을 하지 않는 경우가 많아요. 공부하느라 너무 바쁘거든요. 아마 여러분이 집안일을 하려고 해도 "설거지할 시간에 책이나 한 장이라도 더 봐!"라고 하면서 말리는 부모님이 있을 거예요. 그래서 대학생이 될 때까지 밥 한 번 안 해 본 친구들이 적지 않지요.

다른 나라 십 대들은 어떨까요? 외국 친구들도 마냥 공부만 할까요? 꼭 그렇지는 않아요. 십 대에게 무엇이 중요하다고 생각하는지, 십 대 시기에 무엇을 가르쳐야 한다고 생각하는지에 따라 십 대들의 삶은 달라졌어요.

교육학자인 문미화가 2011년에 진행한 한 연구에 따르면 캐나다의 십 대들은 반드시 집안일을 해야 해요. 캐나다 사람들은 자녀에게 자립심, 독립심, 책임감을 키워 주고 싶어 하는데, 아이들이 집안일을 스스로 하면서 이러한 성향이 생긴다고 생각하거든요. 또 집안일을 할 줄 아는 것이 아이들이 앞으로 살아가는 데 꼭 필요한 능력이라고 생각하고요. 그래서 자녀들이 어느 정도 크면 세탁기나 청소기를 돌리는 방법을 가르쳐 준다고 하지요. 혹시 그 대가로 용돈을 받을까요? 당연히 해야 할 일을 한 것이라 용돈을 받지 않는데요. 대가를 지불하는 것보다 아이들을 한 사람의 가족 구성원으로 존중해 주는 것이 더 큰 교육이라고 생각하기 때문이랍니다.

이렇게 자신의 의식주와 관계된 일은 자신이 스스로 해야 한다는 생각은 프랑스 철학자 앙드레 고르가 던진 질문과 연결됩니다. 바로 '우리의 삶을 어떻게 살아야 하는가?', '우리의 소중한 시간을 어떻게 써야 하는가?'라는 질문이지요.

여러분은 자신이 하고 싶은 일을 하면서 행복을 느끼는 시간이 하루 중에 얼마나 되나요? 여러분의 엄마나 아빠는 또 얼마나 될까요? 다들 힘들고 바쁘게 사느라 행복을 느끼기가 쉽지 않지요. 많은 사람이 이러한 현실이 문제라고 생각하고 변화를 고민하고 있습니다.

앙드레 고르는 누구나 세 가지 일을 함으로써 보다 행복하고 자율적인 삶을 살 수 있다고 제안했습니다. 세 가지 일이란 돈을 벌기 위해 할 수 없이 하는 '생계 노동', 반드시 필요한 일이지만 돈을 벌수 없는 '가사 노동', 그리고 돈을 벌지 못해도 자기가 하고 싶어서 하는 '자율 노동'을 말해요. 이 세 노동의 균형이 맞아야 행복할 수 있습니다. 과도한 생계 노동을 줄이고, 돈을 받지 못한다는 이유로 모두가 꺼리는 가사 노동의 가치를 되살리고, 자기가 하고 싶은 일을 자율적으로 신나게 할 수 있는 삶이 진정 행복한 삶이라는 뜻이지요.

문화 인류학자 김현미는 이 세 노동의 조화에 있어서 특히 여성들의 이중고를 지적했어요. 여성들이 주로 하는 생계 노동은 질이 나쁜 데다, 그 와중에 가사 노동은 여성의 일로 간주되고 있지요. 세 가지 노동의 조화를 이루는 데에는 성별을 가리지 않아야 합니다. 여성들은 양질의 생계 노동을, 남성들은 더 많은 가사 노동을 할 수 있어야 모두가 자율 노동을 할 시간을 확보할 수 있지요.

자, 한번 생각해 볼까요? 잠자는 시간인 8시간을 빼고 하루에 약 16시간이 나에게 있어요. 취직한 사람들은 법적으로 회사에서 하루에 8시간씩 일할 수 있다고 되어 있어요. 생계 노동에 8시간을 들이는 것이지요. 나머지 8시간을 가사 노동과 자율 노동에 어떻게 배분하면 행복할까요? 8시간은 너무 적다고요? 그럼 생계 노동 시간을 줄이고 가사 노동과 자율 노동 시간을 파격적으로 늘리는 쪽이 나을까요? 생계 노동을 줄이면 시간은 늘어나지만 수입은 줄어들어요. 그래서 수입이 줄어든 만큼 소비를 줄이고, 재활용을 하고, 텃밭에서 채소를 키우면서 가사 노동과 자율 노동 시간을 늘리기 위해 노력하는 사람들도 많아요.

그럼 나에게 기쁨과 활력, 즐거움을 주는 신나는 자율 노동에는 무엇이 있을까요? 취미로 하는 목공이나 자수? 아니면 아픈 아이들을 돌보는 봉사 활동? 이런 활동들은 대부분 혼자 하지 않고 여럿이 같이 할 거예요. 좋아하는 활동이 같다 보니 함께 보내는 시간도 길어지고 친밀감도 더 쉽게 생기겠죠. 그러면 새로운 관계들이 만들어질 겁니다. 김현미는 자율 활동을 하다 보면 서로 아는 사이가 되기 때문에 물물 교환, 재능 기부, 품앗이 등을 하며 서로 배려하고 돕는 삶이 가능해진다고 전망했어요.

앞으로 취직을 하거나 혹은 대학에 진학해 전공을 선택하고 일자

행복을 위한 상상력, 기본 소득

세 가지 노동 중 생계 노동이 불가능하거나 충분치 않다면 가사 노동이나 자율 노동은 물론, 삶 그 자체가 위협받을 겁니다. 이런 이들을 위해 전 세계적으로 모색되고 있는 방법이 하나 있어요. 바로 '기본 소득' 제도입니다. 나이나 성별, 재산에 상관없이 모든 사람에게 정부가 매월 최저 생활비를 지급하는 제도예요. 핀란드는 모든 국민에게 월 550유로(약 70만 원)를 지급하는 '부분 기본 소득' 제도를 2017년부터 시범 삼아 실시하고 있어요. 전국 130만여 가구 중 최소 1만 가구에 2년간 먼저 해 본 뒤에 효과가 좋다고 판단되면 전국적으로 확대할 계획이지요. 네덜란드에서도 위트레흐트 시를 비롯해 19개 지방에서 2017년부터 실험해요. 개인에게는 월 972유로(약 128만 원)를, 부부에게는 1,389유로(약 184만 원)를 기본 소득으로 지급한다고 해요.

기본 소득을 받게 되면 일하는 조건이 심하게 나쁘거나, 부당한 대우를 받거나, 혹은 정말 하고 싶지 않은 일일 경우 억지로 참으면서 하지 않아도 돼요. 당장 일을 하지 않으면 먹고살 수 없어서 어쩔 수 없이 몸을 혹사하지 않아도 되지요. 직업을 바꾸고 싶은 사람은 준비할 시간을 벌 수도 있을 거예요. 모두에게 생활비를 주면 누가 직장에 다니겠느냐고요? 기본 소득은 말 그대로 기본적인 소득일 뿐, 삶을 아주 윤택하게 해 주지는 못해요. 누구나 생계에 드는 최소한의 비용 이외에 더 많은 돈이 필요할 테니, 사람들은 언제든 일을 하려고 할 겁니다.

리를 찾을 때 이 세 가지 노동의 조화를 창의적으로 생각해 보세요. 그러면 삶은 훨씬 즐겁고 의미 있어질 거예요. 남자니까, 여자니까 하는 생각은 저 멀리 던져 버리고, 가장 풍요로운 삶이 무엇일지만 생각해 보는 거예요.

무엇보다 혼자서 고군분투하는 삶이 아닌, 자신이 하고 싶은 것을 하면서 다른 사람들과 함께 웃고 놀고 돕는 삶이 더욱 행복하다는 것을 잊지 마세요.

6

우리 가족은
팀워크가
필요해

나의
첫
젠
수
의
더
업

이름에 담긴 바람

내가 그의 이름을 불러 주기 전에는
그는 다만
하나의 몸짓에 지나지 않았다.

내가 그의 이름을 불러 주었을 때
그는 나에게로 와서
꽃이 되었다.

김춘수 시인의 「꽃」이라는 시의 일부예요. 교과서에 실릴 만큼
유명하니 한 번쯤 들어 본 친구들이 있을 거예요. 읽고 또 읽어도 참

멋지고 근사한 시지요. 이 시는 이름을 통해 서로 관계를 맺는 것에 대해 이야기하고 있어요. 관계 맺기의 핵심이 서로의 이름을 불러 주는 것이라고 말합니다.

여러분은 자기 이름이 마음에 드나요? 하루에도 여러 번 불리고, 자기를 소개할 때 가장 먼저 이야기하는 것이 이름이니 애착도 많을 거예요. 이름은 내 것이긴 하지만, 내가 짓는 것은 아니에요. 내 이름에는 보통 내 가족들, 부모님이나 조부모님의 바람이 담기지요. 어른들은 우리의 이름에 어떤 바람을 담아 왔을까요?

이수봉과 천인호라는 두 학자는 우리나라 이름에 담긴 바람들을 역사적으로 연구해 보았어요. 그 결과에 따르면 1940~50년대에 남자아이들의 이름에는 길 영(永) 자가 많았대요. 당시에는 일찍 죽는 아이들이 많아서 오래 살라는 바람을 담아 영 자를 쓴 것입니다. 한편 여자아이들의 이름에는 현모양처가 되라는 바람을 담은 곧을 정(貞), 밝을 정(晶), 맑을 숙(淑), 순할 순(順) 등의 글자가 많았어요.

그러다가 1960~70년대에 우리나라 경제가 급속히 발전하면서 분위기가 달라졌어요. 남자아이들의 이름에는 사회에서 성공하라는 뜻을 담아 이룰 성(成)이나 밝을 성(晟), 업적을 쌓으라는 뜻의 공훈(勳)이 많이 들어가기 시작했어요. 반면 여자아이들의 이름에는 아름다울 미(美), 은 은(銀)과 같은 글자가 많았고요. 이름을 보면 이때부터 여성의 아름다움을 중요시하는 생각이 커진 것이 아닐까 하는 생각이 드는군요. 여러분의 부모님 중에 이 세대에 속한 분이 많을 테니, 어쩌면 부모님의 이름에 이런 글자가 있을지도 모르겠네요.

1980년대에는 교육에 대한 관심이 커지면서 알 지(知)와 같은 글자가 선호되었어요. 또 2000년대에는 부를 더욱 중요시하게 되면서 옥돌 민(珉), 높을 준(峻), 준걸 준(俊), 상서로울 서(瑞), 윤택할 윤(潤)과 같은 글자가 쓰였지요. 재미있는 것은 1980년대부터는 딸에 대한 기대가 높아지면서, 남자아이들의 이름에 주로 쓰였던 한자들이 여자아이들의 이름에도 쓰이기 시작했다는 거예요.

이름만 보아도 시대에 따라 아들과 딸에게 서로 다른 기대를 해 왔다는 것을 느낄 수 있지요? 사실 많은 이름이, 이름만 들어도 성별을 짐작할 수 있게 되어 있어요. 그리고 같은 글자라도 성별에 따라 한자를 다르게 쓰기도 해요. 예를 들어 같은 주 자라도 아들의 이름에는 기둥 주(柱)를 쓰고 딸의 이름에는 구슬 주(珠)를 쓰곤 하지요. 같은 영 자인데 남자의 이름에는 영화 영(榮)이, 여자의 이름에는 꽃부리 영(英)이 주로 쓰이기도 하고요.

그렇다면 이름이 정말 아이의 삶에 영향을 미칠까요? 미국 노스웨스턴 대학의 데이비드 피글리오 교수는 이름을 연구한 끝에 "모건, 테일러 등 남성적인 이름을 가진 여자아이는 엠마, 엘리자베스 등 여성스러운 이름을 가진 여자아이에 비해 수학이나 과학 등의 학문을 더욱 선호하는 것으로 나타났다."라고 밝힌 적이 있어요. 또 미국 뉴욕 대학교 심리학과의 애덤 앨터 교수가 이끄는 연구 팀은 "아이에게 독특한 이름을 지어 주면 아이는 스스로를 특별한 존재라고 여길 뿐만 아니라 이로 인해 틀에 얽매이지 않는 창조적인 사고를 할 수 있다."라고 했고요.

그래서인지 요즘에는 이름을 지을 때 중성적인 이름을 지어 주는 부모들이 늘어나고 있어요. 아이들이 좀 더 자유롭고 자기답게 성장하기를 바라는 마음을 담는 것이지요.

그런데 이름은 다양한 꿈과 바람을 담아서 마음껏 지을 수 있지만, 성은 쉽게 바꿀 수가 없어요. 우리나라에서 성은 아버지가 외국인이거나, 혹은 아버지를 알 수 없는 경우처럼 예외적인 경우가 아니라면 반드시 아버지의 성을 따르게 되어 있지요. 왜 성은 꼭 그래야 할까요? 왜 우리 가족 중 엄마만 성이 다를까요? 너무 당연해 보이는 일이라서 깊이 생각해 본 적이 별로 없을 거예요. 그 이유는 우리 사회의 가족 제도와 관계가 있습니다.

우리의 가족 제도는 흔히 '가부장제'라고 불립니다. 가부장이란 연장자인 남성, 즉 나이가 많은 남성을 가리키는데 주로 아버지나 할아버지가 되겠지요. 가장 나이가 많은 남성이 가족의 대표가 되어 가족 전체를 이끌어 가는 제도를 가부장제라고 해요. 쉽게 말하

양성 쓰기 문화 운동

성과 이름에 스며 있는 가부장제를 바꾸어 보려는 움직임이 있습니다. 대표적인 것이 '양성 쓰기 문화 운동'이에요. 엄마의 성과 아빠의 성이 나란히 들어간 이름을 쓰는 거예요. 조한혜정, 김조광수, 조이여울, 로리주희 이런 식으로요. 저도 그 운동에 동참해서 제 이름을 김고연주라고 쓰고 있답니다.

면 '가족의 대장이 아버지인 제도'지요. 우리나라뿐만 아니라, 세계의 많은 나라가 가부장제 사회라고 할 수 있어요. 아버지가 대장이니, 그 자식들은 아버지의 성을 따르게 되지요.

교실에서도 반장을 뽑아서 교실을 효율적으로 운영하고 있으니, 각 가정에서도 대표를 뽑는 것이 썩 나쁘지 않겠다는 생각이 들 수도 있어요. 하지만 왜 꼭 남자가 대표여야 할까요? 할머니도 있고 어머니도 있는데요. 거기엔 남자가 여자보다 우월하다는 생각이 뿌리내려 있어요. 그래서 가부장제는 오랫동안 많은 사람에게 비판받아 왔습니다. 게다가 가부장제 사회는 남자들에게 너무 많은 권한을 주는 반면, 여자들은 권력에 다가가지 못하게 하고 늘 남자의 보호 아래에 있게 했어요. 남자가 가족의 대를 잇게 되니 아들을 선호하는 성향도 생겨났고요. 가부장제 사회는 남녀를 차별하는 사회가 되기 쉽습니다.

가부장제 가족이 어떤 차별을 낳을 수 있는지 조선 시대 가족의 모습을 통해 좀 더 살펴볼까요?

투기하면 내친다고?

가부장제의 역사는 꽤 오래되었어요. '남존여비'라는 말을 들어 보았나요? 남자를 여자보다 존중하고 우대하면서 여자를 업신여기는 풍조를 일컫는 말인데, 얼마 전까지만 해도 흔히 쓰였지요. 조선 시대에 남존여비는 하나의 상식이었어요. 조선 시대에 쓰인 '삼종지도', '칠거지악' 같은 단어만 보아도 잘 알 수 있지요. 삼종지도는 '따라야 하는 세 가지 도리'라는 뜻으로, 유교 경전인 『예기』에 이런 내용이 나와 있어요.

부인에게는 세 가지 따라야 할 의가 있으며, 자기 마음대로 할 수 있는 도는 없다. 그러므로 시집가기 전에는 아버지를 따르고, 시집을 간 후에는 지아비를 따르고, 지아비가 죽으면 아들을 따라야 한다.

또한 당나라의 율법 책인 『대대례기』에는 '아내를 내쫓을 수 있는 일곱 가지 악행', 즉 칠거지악에 관한 내용이 나와 있어요.

여자에게 일곱 가지 내칠 수 있는 것이 있으니 시부모에게 순종하지 않으면 내치고, 아들이 없으면 내치며, 음행을 하면 내치고, 투기를 하면 내치며, 나쁜 질병이 있으면 내치고, 말이 많으면 내치며, 도둑질을 하면 내친다.

지금의 시각에서 보면 황당함을 넘어 화가 나는 내용이지요. 조선 시대 여성들은 남성과 같은 한 명의 동등한 인간이 아니라 남자보다 낮은 자리에 머무는 사람으로서, 남편의 부모를 대신 모시고, 아들을 낳고 키워 남편 가문의 대를 잇는 역할을 해야 했습니다. 그런 역할을 잘하지 못하면 일방적으로 이혼을 당하기도 했어요. 그

교실에서도 반장을 뽑아서
교실을 효율적으로 운영하고 있으니,
각 가정에서도 대표를 뽑는 것이
썩 나쁘지 않겠다는 생각이 들 수도 있어요.
하지만 왜 꼭 남자가 대표여야 할까요?

것도 지금과 같은 이혼이 아니라, 일방적으로 쫓겨나는 모양새에 가까웠어요. 흔히 '소박맞는다'라고 했지요. 이러한 삶은 여성들뿐 아니라 자녀들에게도 큰 상처가 되었을 겁니다.

칠거지악 중에 하나인 '투기'를 좀 더 자세히 볼까요? 투기는 질투와 같은 말이에요. 그런데 아내가 누구를 질투하면 안 된다는 걸까요? 바로 첩이에요. 조선 시대에는 남자들이 아내 외에도 첩을 두는 일이 드물지 않았어요. 남편이 첩을 두어도 아내는 쫓겨나지 않으려면 첩과 사이좋게 지내야 한다는 강요를 받았습니다. 정말 어처구니가 없지요? 이것만으로도 조선 시대에는 여성들이 제대로 존중받지 못했음을 짐작할 수 있습니다.

조선은 공식적으로 일부일처제, 즉 한 남편이 한 아내를 두는 제도를 가진 국가였어요. 하지만 비공식적으로는 일부다처제가 인정되었지요. 첩의 자식으로 태어나는 바람에 아버지를 아버지라 부르지 못한 홍길동만 보아도 잘 알 수 있지요. 일부다처제는 흔히 본부인이 대를 이을 아들을 낳지 못할 경우 가계가 끊어지는 것을 막기 위해 허용되었습니다. 하지만 그것이 전부는 아니었어요. 본부인이 아들을 낳아도 버젓이 첩을 두는 경우도 있었지요. 한때는 남자들이 첩을 너무 많이 두어서 첩이 낳은 자식이 인구의 절반에 이를 정도였다고 합니다.

이러한 '축첩 제도'는 조선 시대가 막을 내린 뒤 일제 강점기를 지나면서, 그리고 우리 사회가 좀 더 근대적으로 변하면서 사회적으로 문제시되었어요. 하지만 하루아침에 제도나 관습이 바뀌는 않았습니다. 초기에는 법조인들조차 축첩이 나쁜 제도라는 것을 쉬이 인정하지 않았지요. 1928년에 고등 법원에서는 축첩은 아내에 대한 중대한 모욕이 아니라는 판결을 내린 적이 있어요. 그 후 8년 뒤인 1936년에는 축첩은 괜찮지만 처와 첩을 함께 살도록 하는 것은 중대한 모욕이라는 판결이 나왔고요. 조금 변화가 있기는 하지만, 여전히 축첩은 그 자체로 나쁜 제도라는 생각에는 이르지 못했네요. 1943년에도 고등 법원에서는 이런 판결을 내렸어요.

"축첩의 사실만으로는 배우자에 대한 모욕이 아니므로 이혼 사유가 될 수 없다."

지금의 시선으로 보면 정말 이상한 판결이지요? 어떻게 첩을 맞는 것이 배우자에 대한 모욕이 아닐 수 있을까요? 하지만 법조인들만 그랬던 것은 아니었어요. 많은 사람이 축첩은 허용할 수 있는 관습이라는 생각을 완전히 버리지 못했어요. "사내아이를 못 낳으면 대가 끊긴다."라면서 여전히 축첩을 정당화하는 이들이 많았지요. 가문을 중시하고 여성을 멸시하는 풍습은 쉽게 변하지 않았습니다.

여성들은 더 이상 참을 수 없었어요. 1949년에 "첩을 얻은 사람은 공무원이 되지 못한다."라는 조항을 공무원 법에 넣자고 제안했어요. 첩을 두는 것이 너무 흔하니 공무원부터라도 바꿔 보려고 한 것이지요. 하지만 이 법안은 통과되지 못했어요. 그러자 대한부인회가 앞장서서 "축첩 공무원은 물러나라!" 하고 외치며 축첩 반대 궐기 대회를 열었습니다. 800여 명의 여성이 모여 이렇게 외쳤어요.

"여성의 정조가 아름다우면 사나이도 지키라."
"아내여, 남편에게 자기 딸을 첩이나 기생으로 내어놓겠는가 물어보라."

그런 노력 끝에 마침내 1953년에 법으로 축첩이 금지되었지요.

그래도 실생활에서는 좀처럼 사라지지 않자, 여성단체협의회에서는 1960년에 치러진 제5대 국회 의원 선거에서 "축첩자에게 투표하지 말자." 하고 시위했습니다. 또 1978년에 치러진 제10대 국회 의원 선거에서도 "축첩 입후보자에게 투표하지 않는다."라고 선언했지요.

먹을 것 차별이 제일 서러워

불과 몇십 년 전까지, 이런 시위를 해야 했다는 사실이 여러분에게는 놀랍게 느껴질 거예요. 지금은 축첩 제도가 거의 사라졌고, 축첩이 왜 나쁜지 의아해하는 사람들도 없지요. 하지만 축첩이 드물어지고 비난을 받게 되기까지 세상이 저절로 바뀐 것은 아니랍니다.

축첩 제도는 사라졌지만, 아들을 낳아야 대를 이을 수 있다는 관념은 계속 남아서 여성들을 괴롭혔어요. 딸과 아들을 선택할 수 있는 것도 아닌데 아들을 낳는 것은 여전히 여성에게 주어진 중대한 과업이었지요. 여러분의 할머니 세대만 해도 아들을 낳으려고 갖가지 민간요법을 따르기도 하고, 신에게 지극정성으로 기도하기도 했어요. 하지만 민간요법이나 기도로는 아들을 낳기가 쉽지 않지요.

그런데 의료 기술이 발달하면서 정말로 아들을 골라 낳을 수 있는 방법이 생겨났어요. 결정적 계기는 초음파 검사였어요. 1980년대에 태아에 대한 초음파 검사가 널리 퍼졌습니다. 이 검사를 하면 태아가 여아인지 남아인지 일찌감치 알 수 있지요. 초음파 검사는 임신부들의 희비를 갈랐어요. 김암 서울아산병원 산부인과 교수는 "임신부가 둘째도 딸이라는 소식을 들으면 울음을 터뜨렸고, 셋째도 딸이라는 소식을 들으면 거의 공황 상태에 빠지곤 했다."라며 회상하기도 했어요.

아들을 낳아야 한다는 강박과 의료 기술이 만나면서 우리나라는 1990년대에 세계에서 출생 성비 불균형이 가장 심한 국가가 되었습니다. 둘째나 셋째인 여아들이 세상의 빛을 보지 못하는 일이 많아지면서 1993년 셋째 아이의 성비는 여아 100명당 남아 206.6명으로 치솟았어요. 정상 성비는 103~107명이어야 하는데, 이를 크게 웃돌았지요. 아들을 선호하는 관습이 그때까지 뿌리 깊게 남아 있었다는 것을 알 수 있습니다.

성비의 불균형은 결혼에도 영향을 주겠지요? 1980~90년대, 남아 선호가 강할 때 태어난 아이들은 흔히 말하는 결혼 적령기가 되었어요. 단순히 계산할 수 있는 것은 아니지만, 지금 남성 여섯 명 중에 한 명은 짝을 만나기 어려운 상황이에요.

소설가 조남주가 쓴 『82년생 김지영』이라는 소설에는 바로 그 세대에 태어난 주인공이, 여자라는 이유로 집 안에서 차별받는 상황이 잘 나타나 있어요.

함께 살던 할머니 고순분 여사는 김지영 씨가 남동생 분유를 먹는 것을 끔찍하게 싫어했다. 분유를 얻어먹다 할머니께 들키기라도 하면 김지영 씨는 입과 코로 가루가 다 튀어나오도록 등짝을 맞았다. 김지영 씨보다 두 살 많은 언니 김은영 씨는 한 번 할머니에게 혼난 이후로 절대 분유를 먹지 않았다.

"언니는 분유 맛없어?"

"맛있어."

"근데 왜 안 먹어?"

"치사해서."

"응?"

"치사해서 안 먹어. 절대 안 먹어."

김지영 씨는 치사하다는 단어의 뜻을 정확히 몰랐지만 언니의 기분은 알 수 있었다. 할머니가 혼내는 게 단순히 김지영 씨가 더 이상 분유를 먹을 나이가 아니라거나 동생 먹을 게 부족해진다거나 하는 이유만은 아니었기 때문이다. 할머니의 억양과 눈빛, 고개의 각도와 어깨의 높이, 내쉬고 들이쉬는 숨까지 모두 어우러져 만들어 내는 메시지를 한 문장으로 말하기는 힘들지만 그래도 최대한 표현하자면, '감히' 귀한 내 손자 것에 욕심을 내? 하는 느낌이었다. 남동생과 남동생의 몫은 소중하고 귀해서 아무나 함부로 손 대서는 안 되고, 김지영 씨는 그 '아무'보다도 못한 존재인 듯했다.

　소설 속 김지영 씨의 기분이 이해가 되나요? 김지영 씨네 집은 누나들이 남동생의 분유를 한두 숟가락 먹는다고 해서 남동생이 굶어야 할 정도로 가난한 집이 아니었어요. 하지만 할머니는 손녀들의 등짝을 때리곤 했습니다. '무엇'을 먹느냐가 아니라 '누가' 먹느냐의 문제였던 것이지요. 동생의 분유를 먹은 사람이 형이었다면 할머니가 똑같이 등짝을 때렸을까요? 아주 사소한 에피소드지만 직접 당하는 김지영, 김은영 자매에게는 결코 사소하지 않을 거예요. 먹는 것 가지고 차별받을 때 제일 서럽잖아요. 게다가 이렇게 작은 것에서 차별을 하는 가정에서는 더 중요하고 큰 문제에 있어서도 차별을 할 거예요.

달라진 세상

　20세기 말까지만 해도 남아 선호가 하늘을 찔렀지만 다행히 점점 완화되고 있어요. 이제 우리나라의 성비는 정상으로 돌아왔습니다. 성비 격차는 2000년대 들어 완만히 줄고 있고, 셋째 아이 이후의 남아 비율도 1993년 206.6에서 정점을 찍은 뒤 서서히 줄어들어서 2014년 106.7이 되었지요. 어떻게 이렇게 상황이 나아졌을까요?
　한국여성정책연구원의 이수연 연구원은 그 이유를 이렇게 설명했어요.

"호주제가 없어져 아들이 아니어도 대를 이을 수 있게 되고 '자식이 부모 노후를 책임진다'는 통념이 희미해지면서 아들딸의 법적·실리적 차이가 예전보다 줄었다."

또 성비 불균형은 셋째, 넷째로 내려갈수록 심했는데, 요즘엔 아이를 적게 낳으니, 그런 추세도 영향을 미쳤으리라고 짐작했지요. 여러분의 반에도 이제 형제가 서너 명인 친구는 거의 없을 거예요.

이수연 연구원의 말에서 주목할 것이 하나 있어요. 바로 호주제예요. 2005년에 없어졌기 때문에, 아마 여러분은 잘 모를 거예요. 호주제는 가부장제가 스며 있는 가장 대표적인 제도라고 할 수 있어요. 호주는 한 집안의 주인으로, 가족을 거느릴 의무와 책임이 있는 사람을 말해요. 그런데 우리나라 법적으로 남자만 호주가 될 수 있었어요. 여성은 혼인 전에는 아버지가 호주인 호적에, 결혼하면 남편이 호주인 호적에, 남편이 사망하면 아들이 호주인 호적에 올라야 했습니다. '현대판 삼종지도'와 비슷한 느낌이 들지요?

느낌만 그런 것이 아니라, 호주제에는 현실적인 문제도 아주 많았어요. 예를 들어 남편이 사망하면 아들이 호주가 되었어요. 아들이 갓난아기이더라도 아내는 호주가 될 수 없었지요. 민법 제984조는 호주가 사망하면 아들―미혼인 딸―처―어머니―며느리 순으로 호주 승계 순위를 정해 놓았거든요. 이렇게 여성을 차별하는 호주제 때문에 고통받는 사람들이 많았던 탓에 호주제를 없애기 위해 21세기 초까지 정말 많은 사람이 노력했답니다.

이런 여러 변화를 거쳐 온 오늘날, 이제는 많은 사람이 오히려 딸을 선호한다고 해요. 여러분은 이미 그런 분위기 속에서 태어난 세대지요. 2016년에 한 여론 조사 기관에서 1만 4,000여 명에게 "자녀의 성별, 선택할 수 있다면 어느 쪽으로 하시겠습니까?"라고 물었더니 "아들이든 딸이든 상관없다."라고 대답한 사람이 약 40%, "딸이 더 좋다."라고 대답한 사람이 약 35%였다고 해요. 반면 "그래도 아들이 있어야 든든하다."라며 여전히 아들을 원한 사람은 약 13%였어요. 딸을 원하는 사람 수의 절반에도 미치지 못했네요. 게다가 아예 "아이를 낳지 않을 것이다."라고 대답한 사람도 10%가량이나 되었어요. 정말 세상이 많이 달라졌지요?

가부장제에서는 남자도 고달파

지금까지 가부장제로 인해 여성들이 얼마나 힘든 삶을 살아왔는지를 살펴봤어요. 그런데 가부장제에서 아버지와 아들은 그저 특권을 누리는 행복한 나날의 연속일까요? 그렇지 않아요. 남자들의 삶도 쉽지는 않답니다.

미국의 정신 분석학자 낸시 초도로는 가부장제의 양육 방식 때문에 딸과 아들이 다른 성향을 나타내는 것이라고 분석했어요. 성별에 따라 성향이 달라지는 것은 어머니가 양육을 도맡아 하는 문화에 원인이 있다는 거예요. 흥미로운 내용이니 한번 살펴볼까요?

아기는 태어나자마자 만난 사람을 통해 관계를 맺는 능력을 키우게 되지요. 그런데 가부장제에서는 여성이 양육을 도맡아 해요. 갓난아기는 어머니에게 온전히 자신을 내맡깁니다. 어머니가 먹여 주고 입혀 주고 재워 주지 않으면 살아남기가 불가능하니까요. 갓난아기는 자신을 사랑과 정성으로 돌봐 주는 어머니에게 유대감, 친밀감, 신뢰감을 느껴요. 어머니가 자신의 필요를 속속들이 채워 주기 때문에 어머니와 자신이 분리된 존재라는 생각을 하지 않지요. 그러다 조금씩 성장하면서 어머니와 자신은 별개의 존재라는 사실을 알게 됩니다. 그리고 자신의 성별을 알게 되는데, 여기에서부터 딸과 아들의 차이가 생겨나기 시작해요. 딸은 어머니와 성별이 같고, 어머니가 항상 곁에 있기 때문에 자신과 어머니를 엄격히 구분하지 않아도 되지요. 어머니와 동일시하고, 어머니와의 관계를 유지하면서 어머니가 하는 희생, 돌봄도 배워 갑니다.

반면에 아들은 성별이 달라서 어머니와 자신을 확실히 구분하게 됩니다. 최초의 동일시 대상인 어머니와 자신을 분리하지 않으면 성 정체성을 잃어버릴지도 모른다는 두려움 때문이에요. 아버지를 만나면 두려움이 해소되겠지만, 가부장제 사회에서는 아버지를 좀처럼 만날 수가 없어요. 그래서 아버지의 역할을 상상해야 합니다. 그러다 보니 여자, 어머니와 반대되는 것들이 남성성이라고 생각하게 되지요. 그래서 아들은 희생, 돌봄, 관계와 같은 것들과 거리를 두게 된다는 겁니다.

어때요? 초도로의 분석이 그럴듯한가요? 해석의 여지가 있기는 하지만, 이와 같은 분석은 여성과 남성의 다른 성향을 이해하는 데 많은 도움을 주었어요. 왜 딸들은 돌봄이나 헌신에 익숙한지를 설명하는 도구가 되었거든요. 이 이론으로만 보면 아들들이 안쓰럽기도 하네요. 어머니와는 다른데 아버지는 곁에 없으니 무척 외롭고 힘들겠어요.

가부장제가 굳건한 사회에서는 아버지의 어깨에 가족의 생계를 홀로 도맡아야 한다는 막중한 책임감이 얹히게 됩니다. 가부장제의 남성들은 '직장과 결혼'할 수밖에 없지요. 아버지들은 바깥에서 돈을 버느라 가족들과 친밀한 시간을 갖기가 어려워요. 새벽같이 출근해서 한밤중에 퇴근하니, 아이들과 대화하기는커녕 얼굴 보기도 힘들지요. 자식들과 함께 보내는 시간이 적으니 아이들도 아버지에게 거리감을 느끼게 되고요. 대화가 적다는 건 누구보다 아버지들이 가장 안타까워하는 부분이랍니다.

게다가 가장으로서 열심히 돈을 벌 때는 괜찮지만, 은퇴한 후에는 가족과의 사이에서 갈등을 빚기가 쉬워요. 아버지들로서는 한평생 가족을 위해 헌신했는데 정작 가족 안에서 자신의 자리를 잃어버리는 셈이지요.

여러분의 아버지는 어떠한가요? 여러분은 하루에 아버지와 얼마나 대화하나요? 국립국어원이 2015년에 초등학교 4학년부터 고등학교 1학년까지 361명을 대상으로 조사를 했더니 하루 평균 아버지와의 대화 시간은 1시간 27분, 어머니와의 대화 시간은 2시간 9분이었어요. 어머니가 훨씬 길죠? 시간만 다른 것이 아니라, 대화 내용도 달랐습니다.

어머니와의 대화 내용은 '주변 사람에 대한 생각과 감정'이 약 40%, '공부와 학업'이 약 31%, '취향과 관심사'가 약 16%였어요. 하지만 아버지와의 대화 내용은 순서가 좀 바뀌었지요. 아버지와는 '공부와 학업'에 대해서는 34%, '취향과 관심사'는 24%, '주변 사람에 대한 생각과 감정'에 대해서는 18% 정도로 대화한다고 해요. 어머니와 가장 많이 대화하는 주제인 생각과 감정을 아버지와는 별로 얘기하지 않고 있군요. 생각과 감정이라고 하니 뭔가 거창해 보이지만, 내 속마음을 아버지에게는 잘 보여 주지 않는다는 뜻으로 이해해도 틀리지 않을 거예요.

게다가 아버지와의 대화에서 공부, 학업이 차지하는 비중은 학년이 올라갈수록 커지고 있었어요. 초등학교 6학년부터 고등학교 1학년까지는 줄곧 공부, 학업이 대화의 최우선 주제였습니다. 공부 이야기를 주로 하게 된다면 아버지와의 대화가 별로 즐겁지 않을 것 같아요. 반면 어머니와는 중 2 때까지 '주변 사람에 대한 생각과 감정'이 40%가 넘었고, 중 3 때 잠시 26%로 떨어지지만, 고 1 때 다시 40%로 늘어났어요. 아빠보다는 엄마에게 속을 터놓는 친구들이 많네요.

아이들은 또 "누구와의 대화가 중요한가?"를 묻는 질문에 어머니, 친한 친구, 아버지, 친하지 않은 친구의 순서로 답했다고 해요. "누구와의 대화가 즐거운가?"를 묻는 질문에는 친한 친구, 어머니, 아버지, 친하지 않은 친구의 순서였고요. 아버지는 친하지 않은 친구보다는 낫지만 어머니, 친한 친구에는 못 미치네요.

가족과 좀 더 친밀한 시간을 갖지 못하는 것은 가부장제 속에서 사는 남자들의 고충입니다. 여러분의 마음속에서 아버지는 몇 번째 순서에 자리하고 있나요?

엄마가 힘센 자궁 가족

아빠와 대화하기가 부담스러운 친구들 중에는 엄마에게 '중간 전달자' 역할을 부탁하는 경우가 있을 거예요. 아빠에게 직접 하기 어려운 이야기를 엄마에게 털어놓으면 엄마가 아빠에게 나 대신 전해 주지요. 같은 이야기인데도, 엄마한테는 편하게 말할 수 있지만 아빠한테는 말을 꺼내기 어려울 때가 있잖아요. 또 엄마는 여러분의 말을 찰떡같이 알아들을 뿐 아니라 아빠에게 좀 더 손쉽게 허락을 받아 내곤 하지요.

그런데 이것이 정말 엄마가 나보다 협상하는 능력이 탁월해서 그런 것일까요? 그렇기도 하지만, 사실 아빠 입장에서는 자녀들의 상황을 잘 모르다 보니 웬만하면 엄마의 생각에 따라 줄 때가 많을 거예요. 여러분도 그 점을 살짝 눈치챌 때도 있지요? 그런 일이 잦으면 '아빠가 정말 우리 집 대장이 맞나?' 싶을 때도 있고요. 아빠의 허락과 동의를 받아야 되긴 하지만, 어쩐지 아빠의 허락은 형식적이고 엄마가 실질적인 대장인 것 같아요.

학자들은 이런 현상에도 이름을 붙였어요. 가부장제 안에서 여성이 자식들과의 친밀한 관계를 통해 자신의 세력을 만들어 나가는 가정을 두고 미국의 인류학자 마저리 울프는 1972년에 '자궁 가족'이라고 불렀지요. 표현이 무척 흥미롭지요?

우리나라에도 이런 자궁 가족이 많아요. 특히 우리나라에서는 예부터 효를 무척 중요시해 왔기 때문에 자녀들이 장성해서 효를 다하려 할수록 어머니, 할머니의 권위가 더욱 높아지지요.

그러니 가부장제 사회라고 해서 여성들이 늘 약자의 자리에만 있는 것은 아니에요. 가족들에게 헌신한 만큼 시간이 지나면서 친밀감, 유대감, 존경이라는 보상을 받게 되니까요. 어머니나 할머니를 애틋하게 생각하는 마음, 더 친하게 여기는 마음, 존경하는 마음이 모이면 아버지나 할아버지의 권위와는 다른, 어머니만의 고유한 자리가 생겨나지요.

하지만 자궁 가족은 가부장제 가족 안에서 여성이 살아남는 하나의 방식일 뿐이라는 한계가 있어요. 여성이 여성 자체로 존중받는 가족, 가족 구성원 모두가 고르게 평등한 가족의 모습이라고 보기는 어렵지요.

가족은 팀워크

가부장제와 자궁 가족을 살펴보다 보면 이런 의문이 들 거예요.
"꼭 남자, 여자 둘 중에 한 명이 가족의 대장이 되어야 할까?"
아빠는 힘이 있다고 하지만 실제로는 '은근한 왕따'인 경우가 많고, 엄마는 자식들에게 영향력이 있다고 하지만 자식을 앞세워 만드는 자리이니 상당히 불안정해요.

그래서 세계 여러 나라에서는 가부장제를 벗어나서 새로운 가족을 만들려는 변화를 꾀하고 있답니다. 일본은 '일터와 가정의 균형 잡기'(work-home balance)를 정책으로 내세우면서 변화하려 하고 있고, 싱가포르도 '가족은 팀워크'(family as a teamwork)라는 정책을 추진하고 있지요. 이 정책들의 핵심은 남편, 아내, 아이 등 가족 구성원 각각이 팀원처럼 가족 안의 일을 분담해야 한다는 생각이에요.

유럽의 대표적인 복지 국가 노르웨이는 '노동자와 돌봄자(worker-carer) 모델'을 실험 중에 있어요. 이름은 다르지만 내용은 비슷해요. 남녀 모두가 생계를 위해 밖에서 일을 하고, 또 모두가 가족 안에서 자녀나 부모를 돌볼 수 있도록 기회를 주는 거예요. 바깥일과 집안일을 성별에 따라 나누지 않고 모두가 함께하는 것이지요. 집안의 대장도 따로 있지 않아요. 그랬더니 일터에서도 훨씬 더 생산성이 높아지고, 삶도 더 행복해졌다고 하는군요!

외국도 우리나라도, 일만 중시하던 경향에서 벗어나 일과 가정을 모두 소중하게 여기는 쪽으로 생각이 바뀌어 가고 있어요. 삶의 질, 행복, 인생의 가치란 과연 무엇인가를 고민하게 되었기 때문입니다. 행복은 돈보다 사람에게서 찾을 수 있는 것 아닐까요?

가족은 '당연한 존재'라고 생각하기 쉽지만, '서로 다른 존재'들이 모인 공간이기도 해요. 여러 사람이 함께 노력해야 행복해질 수 있는 공동체지요. 그래서 싱가포르의 구호처럼 팀워크가 필요해요. 팀워크가 원활하려면 가족 중 누구에게도 희생을 강요해서는 안 돼요. 어느 한 사람의 일방적인 희생으로 완성되는 팀워크는 가능하지도 않고 옳지도 않아요.

여러분도 가정에서 어떤 역할을 맡을 수 있을지, 딸인지 아들인지에 구애받지 말고 한번 생각해 보세요. 평등하고 자유로운 가족, 행복한 가족을 위해 여러분은 어떻게 팀워크에 기여하고 있나요?

나 의
첫 젠더
수 업

7

혐오의 말은
그만,
모두가 나답게!

나의
첫
젠더
수업

의
더
업

알파걸, 혁명의 딸들

여러분은 알파걸인가요? 여러분의 '여자 사람' 친구들은 알파걸인가요? 알파걸이란 공부, 운동, 인간관계, 리더십 등 다방면에서 탁월한 능력을 보이는 십 대 여성, 같은 또래인 십 대 남성들에게 어느 모로 봐도 뒤지지 않는 소녀들을 가리키는 말이에요. 하버드 대학의 아동 심리학 교수 댄 킨들런이 2006년에 『알파걸』이라는 책에서 이에 대해 설명하면서 크게 유행했지요.

킨들런은 어디에서 이런 알파걸들을 발견했을까요? 발견하는 건 어렵지 않았어요. 주변에 아주 많았거든요! 일단 당시 열두 살, 열다섯 살이었던 두 딸부터 알파걸이었어요. 또 직업 때문에 미국과 캐나다의 고등학교에 강연을 자주 다녔는데, 그곳에서 생기발랄하고 씩씩한 십 대 여성들을 어렵지 않게 만날 수 있었어요.

이들을 만나면서 킨들런은 무언가 이상하다는 생각이 들었습니다. 책에서 본 이론은 달랐거든요. 그간 공부한 책에는 '십 대 여성들은 사춘기에 들어서면 활기와 자부심을 잃게 된다.', '자신과 자신의 능력, 외모에 자신감을 잃게 된다.' 따위의 이론이 제시되어 있었어요. 하지만 킨들런은 실제 십 대를 만나면서 미국의 신세대들은 이전 세대들과 근본적으로 다르다는 확신을 갖게 되었습니다. 책 속 이론들이 그 이전 세대들을 관찰한 결과일 테니, 지금 세대를 설명하려면 다른 이론이 필요하다고 느꼈어요. 그리고 알파걸이란 새로운 표현을 떠올렸지요.

앞에서 살펴보았던 것처럼 여성은 오랫동안 차별을 받아 왔고, 여성은 남성보다 열등하다는 믿음도 꽤 오래 지속되어 왔어요. 자라는 여자아이들을 위축시키기에 딱 좋은 상황이었지요. 그런데 어떻게 갑자기 알파걸이 등장할 수 있었을까요? 킨들런은 그 이유를 찾기 위해 미국과 캐나다에서 150명 이상의 십 대 여성을 인터뷰했고, 900여 명의 남녀 학생을 대상으로 설문 조사도 해 보았어요. 그 조사에서 킨들런은 알파걸이 등장할 수 있었던 힘을 발견할 수 있었습니다. 바로 이들의 할머니와 어머니였어요!

알파걸들의 할머니와 어머니는 1960년대 이후 더욱 활발해진 여성 해방 운동을 통해 여성들이 투표할 권리, 학교에서 스포츠 활동에 참가할 권리 등을 얻어 낸 세대입니다. 킨들런은 여러 권리를 얻기 위해 힘차게 싸웠던 여성들이 딸들에게 이전 세대는 생각하지 못했던 자아관을 갖도록 만들었다고 분석했어요. 즉 할머니와 어머니가 딸들에게 '남녀평등'이란 원칙을 유산으로 남겨 주었고, 알파걸은 그 '혁명의 딸들'이라는 것입니다.

알파걸들은 여성 해방 운동의 혜택을 온전히 누리는 첫 세대예요. 이들은 여자아이와 남자아이는 동등하다는 사실을 당연하게 여기고 있어요. 여러분도 그렇지요? 여러분도 바로 알파걸 세대입니다. 킨들런은 '얼마든지 덤벼라!', '무엇이든 할 수 있다!' 하는 자신감을 지닌 알파걸들이 성년의 문턱에서, 세상에서 특별한 역할을 하기 위한 준비를 하고 있다고 보았습니다.

이 책이 2007년에 우리나라에 소개되었을 때, 많은 사람이 이런 생각을 했어요.

'우리나라에도 알파걸이 많아!'

자신이 알고 있는 십 대 여성들을 가리키는 새로운 표현을 발견한 것이지요. 사람들은 너도나도 알파걸이라는 표현을 입에 올리기 시작했어요. 2007년의 한 신문 기사에서는 "알파걸이 세상을 접수했다."라는 다소 과장된 표현으로 우리나라에도 알파걸이 있다고 알렸습니다.

그 구체적인 사례들도 속속 소개되었어요. 또 다른 신문은 서울의 한 남녀 공학 고등학교에서 여학생들의 성적이 너무 우수한 나머지 2006년부터 여학생, 남학생의 내신 등급을 따로 매기고 있다는 사실을 보도했어요. 전통적으로 남학생이 더 잘한다고 알려진 수학 과목에서조차 여학생이 더욱 월등했다고 하지요. 비단 고등학교뿐만이 아니었어요. 사법 연수원을 수료할 때 대체로 성적이 좋은 사람이 판사와 검사에 임용되곤 했는데, 2007년에는 판사 임용 예정자 중 여성이 절반을 넘었어요. 전체의 약 65%인 58명이 여성이었지요. 또 검사 임용 예정자 100명 중 44명이 여성이었고요. 판검사를 모두 합하면 전체 190명 중 102명이 여성이었어요. 이 해에 사법 연수원 역사상 처음으로 여성이 절반을 넘었습니다.

알파걸의 화려한 등장이 앞다투어 소개된 것이 2007년의 일이니, 그로부터 벌써 10여 년이 지났네요. 이제 알파걸들은 모두 성인이 되었을 거예요. 알파걸들은 킨들런의 예상대로 당당하고 자신감 있게 자신의 능력을 펼치면서 '알파 레이디'로 살고 있을까요? 이제 우리나라에서는 남녀 차별이 완전히 사라졌을까요?

높디높은 유리 천장

혹시 유리 천장이라는 말을 들어 보았나요? 천장이 유리로 되어 있으면 어떨까요? 천장 너머가 훤히 보이겠지요? 사람들은 천장이 있는 줄 모른 채 그 너머만 보며 올라가다가 유리로 된 천장에 호되게 머리를 찧을 수 있어요.

유리 천장은 여성이 더 높은 지위로 올라가는 것을 가로막는 보이지 않는 장벽을 비유하는 표현으로 곧잘 쓰입니다. 겉으로는 마치 아무 장애물이 없는 것처럼 보여요. 여성들도 열심히 노력만 하면 얼마든지 높은 자리로 갈 수 있을 것만 같지요. 하지만 실상은 보이지 않는 장벽들이 여성들을 가로막고 서 있어요. 드러내 놓고 차별하지는 않지만 은근한 방식으로 여자를 배제하는 분위기나 문화, 관행이 있는 것이지요.

유리 천장은 우리나라만의 문제가 아니에요. 영국 경제 주간지 『이코노미스트』는 유리 천장이 얼마나 여성들을 좌절시키고 있는지 알기 위해 2013년부터 각국의 '유리 천장 지수'를 측정하고 있어요. 남녀 간 고등 교육 수준과 임금 격차, 기업의 여성 임원이나 여성 국회 의원 비율 등을 종합해서 점수를 내 보는 거예요. 각 나라가 얼마나 여성을 차별하고 있는지 살펴보는 척도가 될 수 있겠지요?

『이코노미스트』가 2016년에 발표한 '유리 천장 지수'에서 우리나라는 몇 위를 차지했을까요? 슬프게도 우리나라는 경제협력개발기구에 가입한 조사 대상국 29개국 중 꼴찌였습니다.

더욱 슬픈 건 이것이 2016년만의 일이 아니라는 거예요. 우리나라는 조사가 시작된 2013년부터 2016년까지 4년 연속으로 꼴찌를 차지했어요. 게다가 꼴찌도 그냥 꼴찌가 아니에요. 2016년 우리나라의 유리 천장 지수는 100점 만점에 25점이었는데, 1위인 아이슬란드와 무려 57점 이상 차이가 나요. 회원국 평균이 56점이었으니 우리나라는 평균의 절반도 되지 못한 셈이지요. 남자와 여자의 소득 격차는 37%로 회원국 중 가장 컸는데, 이 역시 회원국 평균인 16%의 두 배도 넘었어요. 기업의 여성 이사 비율도 2%에 불과했지요. 일하는 여성은 점점 많아지고 있지만, 높은 자리까지 올라가는 여성은 여전히 턱없이 적은 상황입니다.

경제협력개발기구는 주로 선진국이 가입하는 기구여서 이른바 '선진국 클럽'이라고 불러요. 우리나라는 1996년에 이 기구에 가입했는데 당시 우리도 선진국이 되었다는 자부심을 느꼈지요. 짧은 기간 내에 큰 경제 성장을 이루었다는 뿌듯함이었어요.

하지만 우리나라는 경제적으로 풍요로워졌을 뿐, 성 평등 지수는 여전히 낮은 상황입니다. 매우 불균형하지요. 유리 천장 지수만 보아도 우리나라는 아직 갈 길이 멀다는 것을 알 수 있어요.

여성을 혐오하는 말들

이렇게 차별이 명확한 상황에서도 우리나라에서 더 이상 여성은

2016년 각국의 유리 천장 지수

순위	국가	지수
1위	아이슬란드	82.6
2위	노르웨이	79.3
3위	스웨덴	79
19위	미국	55.9
27위	일본	28.8
29위	한국	25
OECD 평균		56

차별받지 않는다고 생각하는 사람들이 적지 않아요. 이제 여성들도 투표를 할 수 있고, 대학을 다니고, 유산을 상속받을 수 있다는 것이에요. 하지만 노예제가 폐지되었다고 해서 인종 차별이 없어지지 않은 것처럼, 호주제가 폐지되었다고 해서 성차별이 없어진 것은 아니지요.

차별을 깨닫기 위해서는 이미 익숙해져 있는 것들을 새로운 시선으로 봐야 합니다. 상당한 민감성과 노력이 필요하지요. 올챙이 적 생각만 하는 우물 안 개구리가 되지 않기 위해서는 과거가 아닌 현재를 기준으로 생각하고, 우리나라에 국한하지 말고 전 세계와 비교해야 합니다.

하지만 우리나라에는 여성들이 차별은커녕 오히려 너무 많은 것을 누리고 있다고 생각하는 사람들도 적지 않아요. 남성보다 열등한 위치에 있지 않은 여성들의 등장을 받아들이기가 어렵기 때문일

세 계 성 격차 보 고 서 에 서 우 리 나 라 는 ?

우리나라 여성들이 처해 있는 불평등한 현실은 또 다른 국제 비교에서도 확인할 수 있어요. 세계경제포럼이 발표한 '2016 세계 성 격차 보고서'에서 우리나라는 144개국 중 116위에 불과했습니다. 건강, 교육, 정치, 경제의 네 분야에 대한 조사에 따르면 경제 참여 및 기회 123위, 교육적 성취 102위, 건강과 생존 76위, 정치적 권한 부여 92위였어요.

거예요.

 이런 생각을 보여 주는 재미있는 조사 결과가 하나 있어요. 한국 여성정책연구원이 2015년에 "우리나라가 누구에게 살기 좋은 나라라고 생각하는가?"라는 질문을 해 보았어요. 그랬더니 청소년부터 대학생, 직장인까지 나이와 상관없이 남자들은 모두 이삼십 대 여성을 첫 번째로 꼽았어요. 특히 남자 청소년들은 무려 41%가 그렇게 생각하고 있었어요.

 여자들도 똑같이 생각했을까요? 정반대였어요. 여성 응답자들은 육칠십 대 남성, 사오십 대 남성, 십 대 남성 순으로 살기 좋은 나라라고 생각하고 있었어요. 모두 남성이지요? 여자들은 대체로 우리나라가 남자들이 살기 좋은 나라라고 느끼고 있었습니다. 남자들은 여자들이 살기 좋은 나라라고 생각하고, 여자들은 남자들이 살기 좋은 나라라고 생각한다니, 정말 동상이몽이네요.

 연구원이 이 조사를 기획한 것은 요즘 인터넷에서 많이 나타나는 성별 갈등 때문이었어요. 성별 갈등이라고 하면 거창해 보이지만 '된장녀', '김치녀'라고 하면 쉽게 이해할 수 있을 거예요. 이렇게 여성들을 일방적으로 공격하고 비난하는 표현이 흔해지면서 여성과 남성이 서로를 미워하는 것이 바로 성별 갈등이에요. 특히 최근에는 무시무시한 표현이 무척 많아졌어요. 여자들은 다 이러이러하다는 식으로 편견을 덧씌운 다음, 험한 표현들을 사용해서 비난하는 것이지요. 여러분도 인터넷에서 이런 여성 혐오 표현들을 접한 적이 있을 거예요.

이런 표현들이 심각한 수준이라는 것은 많은 사람이 피부로 느끼고 있지만, 연구원의 조사를 통해 상황을 좀 더 명확히 알 수 있었어요. 2015년에 한 또 다른 설문 조사에 따르면 응답자의 80%가 넘는 사람들이 이런 표현을 접한 적이 있다고 답했어요. 다섯 명 중 네 명이 혐오 표현들을 알고 있는 것이에요.

더 큰 문제는 이런 혐오 표현에 '공감'하는 사람이 많아졌다는 것입니다. 흔히 형편이 어렵거나 스트레스가 많은 사람들이 주로 이런 표현들을 사용해 여성들을 공연히 공격하는 것이 아닐까 하고 생각하는데, 조사 결과에 따르면 그렇지 않았어요. 형편이 좋든 어렵든, 공부를 많이 했든 적게 했든, 나이가 많든 적든 상관없이 누구나 여성을 향한 혐오 표현들에 익숙하고 또 공감하고 있었어요.

청소년들도 예외가 아니었습니다. 혐오 표현에 공감하는지 물어보니, 남자 청소년은 66%가, 여자 청소년은 22%가 그렇다고 답했어요. 남녀의 생각 차이가 무척 크지요? 또 "지나친 여성 위주의 정책으로 남성들이 오히려 역차별을 받고 있다."라는 내용에도 많은 남자 청소년이 동의하고 있었어요. 5점 만점에 남자 청소년은 평균 3.89점을 주었지요. 이 결과에 대해 연구원은 "여성에 대한 비난과 혐오가 청소년기라는 이른 시기부터 시작되고 있다."라고 분석했어요. 혹시 지금 여러분의 마음속에도, 그런 혐오 감정들이 자리 잡고 있지는 않나요?

왜 청소년부터 어른까지 많은 남자가 여성 혐오 표현에 점점 익숙해지고 있는 걸까요? 무엇 때문에 혐오하는 마음이 싹트는 걸까요? 연구원에서는 앞의 조사를 통해 그 이유에 대해 한 가지 힌트를 찾았어요. 바로 '남성으로서 성 역할'에 대한 스트레스였어요!

여자와 마찬가지로 남자는 이러이러해야 한다는 생각 때문에 스트레스를 받는 남자들도 있어요. 남자는 반드시 사회적으로 성공해야 하고, 경쟁에서 이겨야 하고, 여자보다 더 잘나야 하고, 가족을 열심히 부양해야 하고, 감정을 너무 과하게 표현하면 안 되고……. 우리나라에서 남자에게 부과하는 성 역할이란 대체로 이런 것들이지요. 그런데 이런 것들을 다 하려면 남자들도 얼마나 힘들겠어요? 성 역할에 충실해서 사회적으로 인정받는 남자가 되어야겠다고 생각할수록 스트레스가 많아지고 삶에 대한 만족도가 낮아지겠지요. 문제는 이러한 스트레스와 불만을 여성의 탓으로 돌린다는 거예요.

"왜 나 혼자 가족을 책임져야 해? 여자들은 뭐하고?"

"나는 이렇게 슬퍼도 꾹꾹 참는데 여자들은 왜 툭하면 눈물을 흘리는 거야? 나도 괴로운 건 마찬가지라고!"

"성적 올리기 너무 힘들어. 여자애들이 내 앞을 가로막고 있어!"

스트레스가 심하다 보니, 이런 식으로 여성들을 탓하는 마음이 조금씩 생겨나는 거죠.

그런데 가만 생각해 보면 이런 미움은 조금 이상해요. 남자들이 괴로운 것이 정말 여자들 때문일까요?

수평 폭력

남자들에게 스트레스를 주는 건, 성 역할에 대한 사람들의 잘못된 고정관념입니다. 스트레스를 근본적으로 줄이기 위해서는 이 고정관념과 싸워야 하지요. 만약 어떤 사람이 "남자는 눈물을 흘리면 안 돼. 약하게 보이면 안 돼."라고 말한다면, "그건 틀렸어. 남자에게도 감정이 있고 자연스러운 감정 표현을 억누르는 건 잘못된 거야."라고 말해야 해요. 그 사람이 가진 잘못된 생각과 싸워서, 생각을 바꾸도록 설득해야 해요.

설득해야 하는 사람이 다른 사람이 아닌 바로 나 자신일 수도 있어요. 슬픈데도 억지로 눈물을 참고 있는 자신을 발견한다면, 내가 가진 고정관념을 부수려고 노력해야 하지요. '눈물을 참을 필요는 없어.' 하고요. 애꿎은 여자들과 싸울 문제가 아니랍니다.

그런데 사람들은 이렇게 '근본적인 해결'을 하는 것을 어려워해요. 근본적인 원인은 눈에 잘 보이지도 않고 바꾸기도 쉽지 않으니까요. 그래서 문제의 근원을 정면으로 응시하는 대신 오히려 자신과 비슷하거나 혹은 더 약한 사람에게 분노를 표출해요. 프란츠 파농이라는 학자는 이런 현상에 대해 '수평 폭력'이라는 이름을 붙였습니다.

프란츠 파농은 20세기에 살았던 알제리 사람이에요. 학자이자 의사이며 알제리가 프랑스의 식민지였을 때 독립 투쟁을 이끈 지도자이기도 하지요. 그런데 파농은 알제리 민족 해방 운동을 하면서 이상한 현상을 발견했어요. 프랑스의 식민 지배에 지친 알제리 사람들은 쌓이고 쌓인 분노를 이따금 폭발시켰는데 그 분노가 향한 곳은 프랑스가 아니라 바로 알제리였던 거예요! 알제리 사람들은 같은 민족, 그중에서도 자신보다 약한 가족, 형제, 친구, 동료, 이웃에게 분노하곤 했어요. 『5분』이라는 책에 소개된 글에서 파농은 그 이유를 이렇게 설명하고 있어요.

> "열여섯 시간 노동이 끝나고 지친 남자는 자리에 쓰러져 눕지만, 옆집 아이의 울음소리에 잠을 잘 수가 없다. 남자는 밀가루라도 조금 얻으러 가게에 갔지만, 이미 수백 프랑의 외상을 한 상태라 가게 주인에게 거절당한다. 그의 마음속에는 증오심이 솟구치고 당장이라도 상점 주인을 죽일 듯한 살의가 번뜩인다. 식민지 상황에서 사람들은 자기들끼리 싸운다. 그들은 서로를 은폐 막이로 이용하며, 민족의 적을 보지 못하도록 가리는 역할을 한다."

파농은 식민 지배를 받는 사람들이 서로를 미워하고 잔인한 적으로 생각하도록 만드는 것이 바로 '식민지 상황'이라고 보았습니다. 그리고 이러한 현상을 수평 폭력이라고 불렀지요. 수평한 자리, 즉 같은 입장에 있는 사람들을 괴롭힌다는 뜻이지요.

수평 폭력은 문제의 근원을 숨기는 효과가 있어요. 비슷한 사람들끼리 싸우다 보면 정작 왜 우리가 싸우고 있는지 진짜 적이 누구인지 잊고 말지요. 또 수평 폭력은 약자들 사이에서 폭력이 돌고 돌도록 만든다는 것이 파농의 생각이었어요.

파농의 생각은 지금의 여성 혐오 현상을 보는 데에 힌트를 줍니다. 남자와 여자가 서로를 미워하는 것은 일종의 수평 폭력이라고 할 수 있어요. 수평 폭력은 그 자체로 나쁘지만, 더욱 나쁜 건 그것으로는 아무것도 해결되지 않는다는 거예요. 눈물 많은 여자를 미워한다고 해서, 남자는 눈물을 흘리면 안 된다는 고정관념이 사라지는 것은 아니니까요. 성 역할은 여성이 남성에게, 또는 남성이 여성에게 강요한 것이 아니에요.

엘사와 안나는 뭐가 다를까?

성 역할로 인해 괴로움을 느끼는 사람들은 어떻게 해야 할까요? 성 역할에 불만이 있고 불편한 사람들이 서로 이해하고 공감하는 것부터 시작해야 해요. 감정과 경험을 나누고, 함께 고정된 성 역할에 저항하고, 하나씩 바꿔 가야 하지요.

성 역할에 대한 고정관념이 바뀔 수 있을까 의심하는 친구들도 있을 거예요. 성 역할은 못처럼 한자리에 박혀 있지 않아요. 시대마다, 지역마다 다양한 성 역할이 있고, 하루아침에 바뀌는 것은 아니지만, 분명 변화하고 있어요. 그 변화 과정은 애니메이션에 등장한 공주들을 보면 느낄 수 있습니다.

공주가 나오는 애니메이션이라면 누구나 디즈니 애니메이션을 떠올릴 거예요. 1937년에 만들어진 「백설 공주」부터 「신데렐라」,

「잠자는 숲속의 미녀」, 「인어 공주」, 「미녀와 야수」, 「뮬란」, 2013년에 만들어진 「겨울왕국」까지 디즈니 애니메이션은 공주 시리즈라고 해도 과언이 아니지요.

그런데 같은 공주라도 시대에 따라 공주의 캐릭터는 계속 달라져 왔어요. 흔히 공주라고 하면 자신과 결혼해 줄 백마 탄 왕자를 가만히 기다리기만 하는 모습을 상상하지만, 디즈니의 공주들이 다 그랬던 것은 아니랍니다. 여성의 사회적 지위가 높아지고 남녀가 평등하다는 생각이 강해지면서 공주들의 캐릭터에도 그런 생각이 반영되어 왔어요. 우리나라의 애니메이션 학자 한창완이 분석한 공주 캐릭터들을 살펴볼까요?

백설 공주 (1937) 완전 순종형	신데렐라 (1950) 부분 순종형	오로라 (「잠자는 숲속의 미녀」, 1959) 불만 순종형
아리엘 (「인어 공주」, 1989) 반항 가출형	벨 (「미녀와 야수」, 1991) 이지적인 평강 공주형	자스민 (「알라딘」, 1992) 능동적 내조형
포카혼타스 (1995) 반민족적 애정 추구형	에스메랄다 (「노트르담의 꼽추」, 1996) 헌신적인 집시 여전사형	뮬란 (1998) 적극적인 잔 다르크형

이렇게 나열하고 보니, 정말 공주들이 점점 씩씩해져 왔다는 것을 알 수 있지요? 한창완은 과거에는 비교적 순종적이고 의존적이었던 공주들이 점차 저항적이고 주체적으로 변화했다고 분석했어요.

그럼 가장 최근에 나온 영화이자 우리나라에서 최초로 관객 1,000만 명을 넘은 애니메이션이라는 기록을 세운 「겨울왕국」 속의 공주들은 어떻게 설명할 수 있을까요?

「겨울왕국」의 엘사와 안나 공주는 여러 면에서 그동안의 공주와 달라요. 엘사는 우아하면서도 강인한 카리스마를 지니고 있는 공주로, 강력한 마법으로 자신만의 왕궁을 짓습니다. 이 애니메이션을 본 사람이라면 엘사가 북쪽 산을 향해 나아가면서 당당하고 거침없는 몸짓으로 「렛 잇 고」를 부르는 모습을 기억할 거예요. 마치 그간 받았던 억압으로부터 독립을 선언하는 것처럼 보였지요.

동생 안나도 마찬가지로 적극적이고 생기발랄한 인물이에요. 언니 엘사가 사라져 버리자 직접 찾으러 나서는 당찬 모습을 보여 주었지요. 목숨을 잃을 뻔한 위기에서 엘사를 구한 것도 백마 탄 왕자가 아니라 바로 안나예요. '진정한 사랑은 얼어붙은 심장도 녹일 수 있다'는 믿음을, 왕자와의 사랑이 아닌 언니와의 자매애로 증명하지요. 자매애를 통해 위기를 극복하고 관계를 회복한 엘사는 훌륭한 왕이 됩니다. 두 공주 캐릭터에 이름을 붙인다면 '씩씩한 자매애형' 정도가 어떨까요?

강준수라는 학자는 엘사와 안나 덕분에 여성들이 더 이상 동화 속에 나오는 순종적이고 남성 의존적인 속성이나, 획일적인 외모에 대해 부담을 느낄 필요가 없어졌다고 설명하기도 했어요.

특히 「겨울왕국」에는 이전 애니메이션에 정면으로 도전하는 장면이 있어요. 바로 안나가 한스 왕자에게 첫눈에 반해서 결혼하겠다고 결심하는 장면이에요. 이런 장면은 애니메이션에서 가장 로맨틱하게 그려지곤 했지요. 그런데 「겨울왕국」에서는 조금 다르게 흘러가요. 언니 엘사는 안나의 결심을 축복하지 않아요. 그 대신 단호한 말로 결혼에 반대하지요.

"이제 막 만난 사람하고 결혼해서는 안 돼."

이 대사는 마치 엘사가 안나뿐 아니라 다른 디즈니 공주들에게 이야기하는 것 같아요. 백설 공주나 신데렐라 같은 공주들이 「겨울왕국」을 보고 있었다면 이 장면에서 살짝 찔렸을 거예요.

늘 왕자와의 사랑을 노래하던 디즈니의 공주들이 어떻게 이렇게 변할 수 있었을까요? 중요한 이유 중의 하나는 감독의 가치관입니다. 「겨울왕국」의 감독은 크리스 벅과 제니퍼 리 두 명이에요. 특히 제니퍼 리는 디즈니 장편 애니메이션 최초의 여성 감독인데 『중앙일보』와의 인터뷰에서 이렇게 말했어요.

"자매를 중심으로 진정한 사랑의 의미를 바라보고자 했다. 왕자만이 유일한 답이 아니라는 것을 말하고 싶었다."

백마 탄 왕자를 만남으로써 인생이 행복해지기를 기대하는 공주의 이야기는 더 이상 소녀들에게 좋은 영향을 주지 못한다고 생각한 것입니다. 제니퍼 리 감독의 생각에 모두 동의하나요?

한편 「겨울왕국」의 스토리 아티스트인 크리스 윌리엄스는 『더 아트 오브 겨울왕국』이라는 책에 실린 인터뷰에서 이런 이야기도 했어요.

"나는 엘사가 참 마음에 든다. 비록 우리가 그녀를 차갑고 도도한 모습으로 그려 냈지만, 그녀에게 계속 마음이 가는 것은 어쩔 수가 없다. 엘사는 자신을 가두는 감옥과도 같은 곳에서 살고 있고, 그 누구와도 자신의 비밀을 공유할 수 없다는 것을 알고 있다. 이 대목에 있어서 「겨울왕국」은 다른 사람의 시선에 대한 두려움 때문에 자기 스스로의 정체성을 인정할 수 없는, 꽤 깊은 주제를 담고 있다."

윌리엄스의 말처럼 다른 사람의 시선이 두려워서 자신을 있는 그대로 인정하는 것을 힘들어하는 사람이 많아요. 자신의 본래 모습을 감추고, 사회에서 무난하게 받아들여지는 모습만 보여 주며 산다면, 진정으로 행복할 수 있을까요?

젠더 박스를 벗어나자

여러분은 어떤가요? 여러분은 자기다운 모습으로 행복하게 살고 있나요? 아마도 그러지 못할 거예요. 우리 사회에는 여러분을 틀 지우는 것이 굉장히 많으니까요. 그중에서도 아주 강력한 틀이 '학생'

입니다. 많은 사람이 '학생답게'와 '나답게' 사이에서 고민하고 갈등하고 있을 거예요. 한국 사회가 십 대들에게 기대하는 학생의 상이 워낙 엄격하니까요.

학생 말고 여러분 앞에 놓여 있는 또 하나의 틀이 있다면 바로 '여자'와 '남자'라는 틀이에요. 이 둘이 합쳐져 여학생과 남학생에게 기대하는 상은 확연히 다르지요. 외모는 말할 것도 없고 말투, 행동뿐 아니라 잘하고 좋아하리라고 기대되는 과목, 권장하는 진로까지 너무 다릅니다. 셀 수 없이 다양한 개성을 지닌 여러분을 여학생과 남학생이라는 단 두 개의 틀에 넣어 버리고 있어요.

학생이라는 틀은 나이가 들면 사라지지만, 여성과 남성이란 틀은 계속 따라다닐 겁니다. 여성은 어떠해야 하고 남성은 또 어떠해야 한다는 수없이 많은 고정관념에 시시때때로 맞닥뜨리게 될 거예요.

이렇게 성별에 따라 주어지는 틀을 학자들은 '젠더 박스'라고 불러요. 미국의 법학자 제니퍼 나이는 우리 사회에 눈에 보이지 않는 두 개의 젠더 박스가 있다고 말해요. 여성은 여성성을, 남성은 남성성을 지니는 것이 당연하다고 생각하기 때문에 생겨난 박스지요. 모든 여성과 남성이 각자의 젠더 박스에 깔끔하게 들어맞을 거라고 기대하고요. 그래서 누군가가 이 젠더 박스에서 조금이라도 벗어나거나, 경계에 걸쳐 있거나, 또는 두 개의 젠더 박스에 동시에 들어가 있으면 문제라고 생각한다는 겁니다.

하지만 어떻게 저마다의 개성과 재능을 지닌 사람들이 단 두 가지의 틀에 딱 들어맞을 수 있겠어요? 나이는 젠더 박스가 희미해지

자신의 본래 모습을 감추고,
사회에서 무난하게 받아들여지는 모습만
보여 주며 산다면,
진정으로 행복할 수 있을까요?

거나 사라지기 시작한다면 무슨 일이 벌어질까 질문했어요. 혼란스러워질까요, 아니면 자유로워질까요?

젠더 박스는 저절로 없어지지는 않을 거예요. 없어진다 하더라도 굉장히 오랜 시간이 걸릴 거예요. 그렇기 때문에 더욱, 자신의 모습을 찾고자 하는 나의 의지뿐 아니라 그러한 나를 지지해 주는 주위 사람들의 역할이 중요합니다.

「겨울왕국」에서 엘사는 안나 덕분에 자신을 있는 그대로 인정하고, 나아가 자신이 가진 능력으로 다른 사람들에게 도움을 주며 사는 방법을 발견할 수 있었어요. 그전까지 엘사는 남다른 능력도 있고 여왕이기도 했지만, 자신을 지원해 주는 사람이 없어서 고립될 수밖에 없었지요.

아무리 뛰어난 사람이라도 혼자 힘으로 할 수 있는 것은 많지 않아요. 다른 사람과 도움을 주고받으면서 힘을 합쳐야만 용기도, 자신감도 생깁니다. 여러분에게 필요한 것은 여러분을 있는 그대로 인정하고, 믿고, 지지해 주는 존재입니다. 여러분도 타인에게 그런 존재가 되어야 하고요.

"우리는 연결될수록 강하다."라는 어느 슬로건을 다시 한번 되새겨 보는 것은 어떨까요? 이 슬로건은 매우 중요한 질문을 담고 있어요. 바로 '우리'가 누구인가라는 질문이에요. 특히 여성 혐오를 둘러싸고 성별 갈등이 심각한 오늘날, 여성들끼리 연결된다고 해서 이 문제가 해결될 수 있을까요?

미국의 학자 벨 훅스는 남성이 함께 깊숙이 참여하지 않는 한 성

차별은 달라지지 않는다고 주장합니다. 벨 훅스는 남성이 여성에 대해 경멸과 반감을 지니는 것은 가부장제가 남성에게 그러한 성질을 요구하고, 그런 태도를 보여야만 남자다운 남자로 간주하기 때문이라고 말했어요. 온라인에서 나쁜 감정을 거침없이 드러내는 이들 중에는 정작 자기 자신에 대한 생각이나 감정은 솔직하게 드러내지 못하는 경우가 많아요. 사랑하고 사랑받고 싶은 욕망을 표현하는 것을 부끄럽게 여기기 때문입니다.

이러한 불균형은 여성도 힘들게 하지만 무엇보다 남성을 힘들게 해요. 자신의 감정에 충실하지 못하게 되고, 다른 사람과 친밀한 관계를 맺기 어려워지거든요. 성 역할에 대한 고정관념에 저항하는 것은 여성뿐만 아니라 남성도 행복하게 합니다. 남자들도 자신의 감정에 귀 기울이고, 감정을 표현함으로써 온전한 인간성을 되찾을 수 있게 될 테니까요.

벨 훅스는 우리 모두가 변화할 수 있다고 자신합니다. 스스로 변화하고 또 세상을 변화시키고자 노력하는 이들 덕분에 우리는 서로를 더욱 사랑할 수 있을 거라고 자신하지요.

우리는 우리 자신을 바꿀 수 있고, 세상을 바꿀 수 있어요. 젠더 박스를 벗어나서, 자신을, 그리고 서로를 있는 그대로 바라보며 사랑할 수 있는 세상을 함께 만들어 가요!

참고 문헌

1장

단행본

• 댄 킨들런 『알파걸』, 최정숙 옮김, 미래의창 2007.

• 에바 헬러 『색의 유혹』, 이영희 옮김, 예담 2002.

• 여성문화이론연구소 엮음 『페미니즘의 개념들』, 동녘 2015.

• 페기 오렌스타인 『신데렐라가 내 딸을 잡아먹었다』, 김현정 옮김, 에쎄 2013.

논문 및 연구 보고서

• 김희삼 「학업 성취도 분석을 통한 초중등 교육의 개선 방향 연구」, 한국개발연구원 2012.

언론 기사

- 「정말 여학생들이 남학생들보다 똑똑할까?」,『한겨레』 2015. 3. 6.
- 「하버드대 서머스 총장 여성 차별 발언 물의」,『서울신문』 2005. 1. 19.
- 「하버드 총장 성차별 또 입방아」,『한겨레』 2005. 1. 18.

2장

단행본

- 데버러 L. 로드『아름다움이란 이름의 편견』, 권기대 옮김, 베가북스 2011.
- 마거릿 윌슨「커피 한 잔의 탐닉」, 마크 그레이엄「혼돈스러운 지방」, 돈 쿨릭, 앤 메넬리『팻』, 김명희 옮김, 소동 2011.
- 몸문화연구소『내 몸을 찾습니다』, 양철북 2011.
- 안병수『과자, 내 아이를 해치는 달콤한 유혹』, 국일미디어 2005.
- 이영아『예쁜 여자 만들기』, 푸른역사 2011.
- 한국여성민우회『뚱뚱해서 죄송합니까?』후마니타스 2013.

논문 및 연구 보고서

- 김미선「1930년대 '신식' 화장 담론이 구성한 소비 주체로서 신여성」, 『여성학논집』 22(2), 2005.
- 김신명숙「안티 미스코리아가 '페스티벌'인 이유」,『사회비평』 29, 2001.
- 보건복지부「제10차(2014년) 청소년 건강 행태 온라인 조사 통계」 2014.

- 이주연·유조안 「정상 체중 중학생의 체형 인식이 자아존중감에 미치는 영향—체형 만족도의 매개 효과와 성별 차이」, 『한국청소년연구』 26(4), 2015.
- 최옥선 「여성의 몸 담론과 성형 담론의 상호 텍스트성에 관한 연구」, 성균관대학교대학원 박사 학위 논문 2005.
- 한국청소년정책연구원 「2010 청소년 건강 실태 조사」, 2011.

언론 기사

- 「미의 절대 기준은 존재하는가?」, 『동아사이언스』 2015. 10. 26.
- 「논란의 연속… 아베크롬비, 결국 '섹시' 버리다」, 『뉴스투데이』 2015. 10. 9.
- 「'뚱보는 입지 마' 아베크롬비 외모·인종 차별에 불매 운동 확산」, 『헤럴드경제』 2013. 5. 21.
- 「'32-16-29' 바비 인형 몸매… '실제라면 네 발로 기어야'」, 『동아일보』 2013. 4. 15.
- 「제6의 미각 '기름 맛' 공인받을까」, 『경향신문』 2012. 1. 16.
- 「'미스코리아 신체 각론' 김성희 몸매 화제」, 『코리안스피릿』 2011. 2. 11.
- 「Sizing Up America」, 『뉴욕타임스』 2004. 3. 1.

3장

단행본

- 강준만 『생각의 문법』, 인물과사상사 2015.

- 구학서 『이야기 세계사』 2, 청아출판사 2006.
- 나임윤경 『여성과 남녀공학대학교의 행복한 만남을 위하여』, 학영사 2006.
- 나임윤경 「이성애 연애와 친밀성, 드라마처럼 안 되는 이유」, 이남희 외 『젠더와 사회』, 동녘 2014.
- 윤이희나 『아슬아슬한 연애 인문학』, 한겨레에듀 2010.
- 이승원 『학교의 탄생』, 휴머니스트 2005.
- 재클린 살스비 『낭만적 사랑과 사회』, 박찬길 옮김, 민음사 1985.
- 전종옥 「『젊은 베르테르의 슬픔』 제대로 읽기」, 요한 볼프강 폰 괴테 『젊은 베르테르의 슬픔』, 유영미 옮김, 푸른숲주니어 2011.
- 주창윤 『사랑이란 무엇인가』, 마음의숲 2015.
- 캐롤 타브리스 『여성과 남성이 다르지도 똑같지도 않은 이유』, 히스테리아 옮김, 또하나의문화 1999.
- Lawrence Stone, *Family, Sex and Marriage in England*, 1500-1800, Little Hampton Book Services Ltd. 1977.
- Laws, J. L. & Schwartz, P., *Sexual Scripts: The Social Construction of Female Sexuality*, Harcourt College Pub. 1977.

논문 및 연구 보고서

- 공세권 외 「한국에서의 가족 형성과 출산 형태」, 한국보건사회연구원 1992.
- 김수아·이수연 「결혼 의례의 기호학적 분석」, 『한국언론정보학보』 28, 2005.
- 아하 서울시립청소년성문화센터 「2013 서울시 청소년 성문화 연구 조사」, 2013.

- 이명신·곽종형 「청소년의 이성 교제 경험이 사회적 관계에 미치는 영향」, 『사회복지경영연구』 3(1), 2016.
- 정두홍 「『젊은 베르테르의 슬픔』의 수용에 관한 연구」, 『논문집』 24, 1989.
- 정지은 「TV 드라마의 젠더 관계 재현 방식—연상녀·연하남 커플에 대한 재현을 중심으로」, 『미디어, 젠더 & 문화』 29(4), 2014.
- 최윤정 「패러디 동화의 현대적 의미와 문제점」, 『동화와번역』 15, 2008.
- Mary Claire Morr Serewicz and Elaine Gale, "First-Date Scripts: Gender Roles, Context, and Relationship", Sex Roles 2007.
- Rose, Suzanna and Irene Hanson Frieze, "Young Singles' Scripts for a First Date", Gender and Society 3(2), 1989.

4장

단행본

- 김상준 『심리학으로 읽는 그리스 신화』, 보아스 2016.
- 삼성출판사 편집부 『임신 출산 육아 대백과』, 삼성출판사 2013.
- 엘리자베트 바댕테르 『만들어진 모성』, 심성은 옮김, 동녘 1980/2009.
- 윤일권·김원익 『그리스 로마 신화와 서양 문화』, 알렙 2015.
- 이비에스 「마더 쇼크」 제작팀 『마더 쇼크』, 중앙북스 2012.
- 이은희 『하리하라의 생물학 카페』, 궁리 2002.
- 정성훈 『사람을 움직이는 100가지 심리 법칙』, 케이앤제이 2011.

논문 및 연구 보고서

- 손준종 「자녀교육의 여성화에 관한 연구」, 『교육문제연구』 34, 2009.
- 이정옥 「모성 신화, 여성의 또 다른 억압 기제」, 『여성문학연구』 3, 2000.
- 이진희, 배은경 「완벽성의 강박에서 벗어나 '충분히 좋은 어머니'(good-enough mother)로」, 『페미니즘연구』 13(2), 2013.

언론 기사

- 「만혼 시대, 난임과 치료」, 『매일신문』 2016. 1. 20.
- 「난임 부부 지원, 정확한 원인 진단부터」, 『메디칼업저버』 2015. 12. 28.
- 「늘어나는 자연유산 혼자 속앓이 마세요」, 『부산일보』 2015. 7. 7.
- 「임산부는 배려받고 싶습니다」, 『이데일리』 2015. 4. 19.
- 「모성애는 여성의 선천적 특징 아니다」, KISTI 미리안 『글로벌동향브리핑』 2014. 6. 3.
- 「어린 여학생에… 상상 초월하는 성교육」, 『한국일보』 2013. 2. 10.
- 「아빠도 임신한다?」, 『브레인미디어』 2007. 11. 29.
- 「모성애를 관장하는 호르몬 옥시토신」, 『브레인미디어』 2003. 5. 1.

5장

단행본

- 김현미 「소비에서 자급으로 좌표 이동」, 강남순 외 『덜 소비하고 더 존재

하라』, 시금치 2016.

- 문미화 『세계의 자녀 교육』, 책읽는달 2011.
- 박홍주 「여성의 눈으로 '노동' 다시 보기」, 이박혜경 외 『여성학』, 미래인 2007.
- 애너벨 크랩 『아내 가뭄』, 황금진 옮김, 동양북스 2016.
- 유미정 『내 딸아, 넓은 세상에 당당히 도전하렴』, 글고은 2015.
- 윤정로 『사회 속의 과학기술』, 세창출판사 2016.
- 임영신 『나의 40년 투쟁사』, 승당임영신박사 전집편찬위원회 1986.
- 한국과학기술기획평가원 외 『10년 후 대한민국, 4차 산업 혁명 시대의 생산과 소비』, 진한엠앤비 2017.

논문 및 연구 보고서

- 김종철 「4차 산업혁명과 성 평등」, 「4차 산업혁명과 여성의 역할」, 제17회 세계한민족여성네트워크 자료집 2017.
- 박가열 외 「AI·로봇—사람, 협업의 시대가 왔다!」, 한국고용정보원 2016.
- 박민아 「고등학교 영어 교과서에 나타난 성차별에 관한 연구」, 창원대학교 석사 학위 청구 논문 2016.
- 박종규 「한국 경제의 구조적 과제—임금 없는 성장과 기업저축의 역설」, KIF 연구 보고서 2013.
- 옥일남 「사회과 교과서에 나타난 양성평등교육의 구현 양상 탐색」, 『시민교육연구』, 47권 1호, 2015.
- 정해숙 외 「교과서의 성차별 실태 분석 및 개선 방안 연구」, 여성가족부 2010.

• 황선자 「생활 임금 제도가 여성 노동에 갖는 함의」, 한국여성학회 제29차 추계학술대회 자료집 2013.

언론 기사

•「전업주부 연봉은 3,745만 원」, 『여성신문』 2017. 1. 25.
•「핀란드 한 달 70만 원·네덜란드 128만 원… 내년 '기본 소득 실험'」, 『매일경제』 2016. 12. 15.
•「장래 희망 대통령 의사 옛말… 문화 전문가 강세」, 『데일리안』 2016. 1. 21.

6장

단행본

• 조남주 『82년생 김지영』, 민음사 2016.
• 조혜정 『한국의 여성과 남성』, 문학과지성사 1998.
• Wolf, M., *Women and the Family in Rural Taiwan*, Stanford University Press 1972.

논문 및 연구 보고서

• 김민예숙 「여성상담에 대한 대상관계 이론의 접근」, 이화여자대학교 심리학과 대학원 석사 학위 청구 논문 1997.
• 김현미 「애도의 수사학에서 기쁨의 정치학으로」, 『창작과비평』 35(1), 2007.

- 민병곤 외「청소년 언어문화 실태 연구를 위한 기초 조사」, 국립국어원 2015.
- 정경은「1950년대 여성 잡지에 나타난 계몽과 수치심의 관계 고찰─잡지「여원」을 중심으로」,『한국학연구』42, 2012.
- 정지영「근대 일부일처제의 법제화와 '첩'의 문제─1920~1930년대『동아일보』사건 기사 분석을 중심으로」,『여성과역사』9, 2008.

언론 기사

- 「자녀의 성별, 선택할 수 있다면 당신의 선택은?」,『베이비뉴스』2016. 11. 9.
- 「총각 6명 중 1명 짝이 없다… 최악의 성비 불균형」,『YTN』2016. 4. 22.
- 「한국은 어떻게 남녀 인구 균형 맞췄나… WSJ 집중 조명」,『연합뉴스』2015. 11. 27.
- 「'독특한 이름'의 아이가 더 창의적, '美 연구진'」,『뉴시스』2015. 9. 6.
- 「성비 불균형… 세계는 심화, 한국만 개선」,『경향신문』2015. 8. 27.
- 「2014년 가장 인기 있는 이름은? 男 민준-女 서윤」,『국민일보』2014. 6. 21.
- 「이 한 장의 사진, 그때 그런 일들이: 잠자던 여권 최초의 외출」,『경향신문』1983. 9. 17.
- 「여성단체협의회 가족법 반대 후보에 투표하지 말 것 결의」,『경향신문』1978. 11. 27.
- 「'축첩 공무원 물러가라!' 국회 부결에 여성들 궐기」,『경향신문』1949. 7. 29.

7장

단행본

• 김진혁 『5분』, 문학동네 2015.

• 벨 훅스 『남자다움이 만드는 이상한 거리감』, 책담 2017.

• 벨 훅스 『사랑은 사치일까?』, 현실문화 2015.

• 솔로몬 찰스 『The Art of 겨울왕국』, 김윤영 옮김, 대원씨아이 2014.

• 한창완 『저패니메이션과 디즈니메이션의 영상전략』, 한울 2001.

논문 및 연구 보고서

• 강준수 「'겨울왕국'에 나타난 여성의 젠더 정체성 연구」, 『인문콘텐츠』 37, 2015.

• Nye L., Jennifer, "The Gender Box", Berkeley Journal of Gender, Law & Justice 13(1), 2013.

언론 기사

• 「OECD 20년차 한국, 남녀 임금 격차 꼴찌」, 『한국일보』 2016. 7. 10.

• 「높고 두터운 '유리 천장'… OECD 29개국 지수 보니 한국 또 꼴찌」, 『국민일보』 2016. 3. 4.

• 「말괄량이 안나, 어릴 적 나 닮았어요」, 『중앙일보』 2014. 2. 5.

• 「동화의 진화 마음의 얼음을 녹이다」, 『씨네21』 2014. 1. 23.

• 「'알파걸' 세상 접수」, 『노컷뉴스』 2007. 1. 27.

창비청소년문고 27

나의 첫 젠더 수업

초판 1쇄 발행 • 2017년 11월 10일
초판 21쇄 발행 • 2024년 5월 13일

지은이 • 김고연주
펴낸이 • 염종선
책임편집 • 김선아
조판 • 신혜원
펴낸곳 • (주)창비
등록 • 1986년 8월 5일 제85호
주소 • 10881 경기도 파주시 회동길 184
전화 • 031-955-3333
팩시밀리 • 영업 031-955-3399 편집 031-955-3400
홈페이지 • www.changbi.com
전자우편 • ya@changbi.com

ⓒ 김고연주 2017
ISBN 978-89-364-5227-8 43300